「加速世界」的軍團領土MAP Ver.2.0

紅之團「日珥」領土：練馬、中野第一戰區

黑之團「黑暗星雲」領土：杉並戰區

藍之團「獅子座流星雨」領土：新宿、文京戰區

綠之團「長城」領土：世田谷第一、澀谷、目黑、品川戰區

白之團「震盪宇宙」領土：港區戰區

空白地帶：板橋、北區、豐島、中野第三、千代田、世田谷第二、第三、第四、第五戰區

對超頻連線者而言，什麼叫作強？

這個問題的答案當然因人而異。可以說有一千個超頻連線者，就有一千種強的定義。

黑之王Black Lotus，是強在切斷力。

紅之王Scarlet Rain，是強在火力。

綠之王Green Grandee，是強在防禦力。

Sky Raker是飛行力，Blood Leopard是奔行力，Ardor Maiden是淨化力。雖然其中也有人體現的力量實在太有個性，例如Ash Roller的「機車力」和Chocolat Puppeteer的「巧克力力」，但不管怎麼說，所有超頻連線者每天持續戰鬥，都是在尋求獨一無二的強。

對春雪而言，強就是「快」。

成為超頻連線者以來有好一陣子，春雪一心一意追求動得更快，飛得更快。他一直相信只要能比現在更快，就能變得更強。

然而，在與許多強敵與好對手的戰鬥中，他學到了快也分為很多種。

如果單純比較對戰虛擬角色的移動速度，相信就算要和同屬格鬥型的黑雪公主或Pard小姐相比，他也不會輸，然而他完全不覺得自己在接近戰打得贏她們。這是因為她們在關鍵瞬間的反應速度快得非比尋常。即使春雪在貼身狀態使出渾身解數出拳，她們應該也會游刃有餘地應付過來，還對他迎頭痛擊。

此外還有著更著眼大局而更根源的快。

那就是思考的速度——爆發力與對應力。春雪所知的每一個高等級玩家，無論遇到如何超乎意料的事態，因為震驚而停止行動的時間都是壓倒性的短。在那種換成是春雪，多半會足足發呆三秒鐘的場面，他們也能立刻重整思路，做出適切的行動。

長時間在加速世界戰鬥至今所累積的經驗，想必也是原因之一，但春雪覺得，最根本的差異在於覺悟。一種認知到在BRAIN BURST是什麼樣的事情都有可能發生，知道只要一瞬間的對應有所失誤，就可能招致致命後果的覺悟。

若是春雪擁有這樣的覺悟與思考的爆發力，也許第一次遇上Dusk Taker的「魔王徵收令（Demonic Commandia）」就應付得過來，而且說不定也不會被「災禍之鎧」寄生，在禁城的朱雀門或許也能按照原訂計畫，救出Ardor Maiden。

現在回顧這些，的確能夠認為這許多失敗，都成了成長的動力，然而這是因為在許多人的幫助下，最終問題都得到了解決。但這些失敗也極有可能弄得無法挽回，造成最壞的結果。

因此春雪下定決心，心想下次一定要振作。

他決心等下次遇到意料之外的事態時——無論發生多麼令人震驚，多麼離奇的現象，都不要停止思考。不要只是呆呆站著等別人指揮。身為追求最快之人，就應該搶先一步做出該做的事情。

而這「下次」……

就是現在這一瞬間。

1

「——『範式瓦解(Paradigm Breakdown)』。」

與白之團的領土戰爭空間中，突然出現了一位神祕的超頻連線者，而當此人唸出春雪第一次聽見的招式名稱，釋放出淡桃紅色光輝，春雪直覺感受到那不是尋常的必殺技，而是以心念——「覆寫現象(Overwrite)」——扭曲BRAIN BURST系統的超常能力。

緊接著，一個驚人的現象就此引發。

領土戰爭空間始終只是正規對戰空間的擴充版，卻迎來了不應該來臨的黎明，除了自己以外的體力計量表與倒數讀秒也都消失無蹤。

加速世界中，只存在著一個會有這種情形的地方。

無限制中立空間。

這個站在遙遠大樓屋頂的神祕超頻連線者所施展的心念，將領土戰爭空間，化為了無限制中立空間——

今天，二〇四七年七月二十日的領土戰爭，無論對春雪，還是對與日珥合併的「第三黑暗星雲」來說，都是絕對不能輸的一戰。他們要搶下白之團「震盪宇宙」大本營所在的港區第三戰區支配權，讓對方阻隔對戰名單的特權消失。只要藉此讓加速研究社的成員名稱出現在名單上，就能夠證明震盪宇宙與加速研究社乃是表裡一體的組織。

但春雪就在短短幾秒鐘之前，都還打算遵守BRAIN BURST的規矩，秉持超頻連線者的矜持，堂堂正正應戰。所以他本來決定遵守黑雪公主的教誨——除非受到心念攻擊，否則不可以動用心念。

然而領土戰爭才過短短十分鐘，就有個神祕超頻連線者發動了心念。這不可能是黑暗星雲方面的安排。既然如此，可以想見的唯一可能，就是此乃敵人……震盪宇宙方面的作戰。

既然敵人動用了心念，接下來就是不擇手段的對抗。若不動員所有能力來應對，甚至可能受到無可挽回的損害。

——所以，有時間吃驚，不如動起來！

春雪強行把行將痲木的腦袋重新開機，試圖對應狀況。

只是話說回來，他並非想貿然起飛找敵人攻擊。現在該做的事情是收集情報。雖然沒有時間讓他悠哉地環顧四周，但春雪擁有一種放眼這整個戰場上，多半只有他能動用的偵察手段。

他讓意識專注，送出思念。

——梅丹佐，快來！

當一個由黃金紡錘形與兩片翅膀組合而成立體圖示出現在眼前的瞬間，接著又送出思念。

——帶我去Highest Level！

啪——！

一聲加速聲響在春雪體內爆開，只將他的意識送往高次元空間。

無限延伸的虛空。

春雪在這個沒有光，沒有聲音，連虛擬角色的身體知覺都不存在的黑暗世界裡，專心讓自己的意識和一樣事物同步。

一個極小的像素在眼前規律地閃爍。一旦這小小的光與同步有所錯亂，意識一瞬間就會被彈回到原來的空間。這Highest Level既是加速世界的本質，也是它的極限，而春雪尚未達到能夠只憑自己的意思自由進出此處的境界。

但至少在聽到第二次的加速聲響後，已經不必再著急。時間在這個空間裡幾乎是靜止的。他讓精神鎮定下來，一心一意地專注於這縹緲閃爍的金色像素上，結果——

像素輕飄飄地舒緩開來，化為無數細線流過黑暗，形成一個優美的輪廓。

一名身穿薄洋裝，背上伸出兩片翅膀，面容高貴的女性。頭上發出光芒的光環，在她閉上眼睛的臉上照出了優美的陰影。

一碰到光環發出的彩光，春雪那直到剛才都不存在的身體，也被金色粒子描繪出了形體。這個形體不是現實世界的他，而是Silver Crow的模樣，讓他正覺得似乎該鬆一口氣，又有些過意不去，結果……

這名始終不睜眼的女性——第三黑暗星雲第五十名團員，同時自稱是春雪主人的神獸級公敵「大天使梅丹佐」，緩緩舉起右手，把纖細的中指搭在拇指上，然後……

啪！

在春雪頭盔的額頭處，狠狠送上一記彈指。

「痛痛痛！」

在Highest Level，哪怕是「四聖」之一的梅丹佐，也無法進行物理上的干涉，所以衝擊與痛覺都是錯覺，但春雪仍反射性按住額頭，結果頭上就傳來熾烈的喝叱聲。

「我的僕人Silver Crow！真虧你敢把我這個主人置之不理這麼久啊！」

「對……對不起……後來發生太多事情……」

「那麼就把你所謂發生的太多事情，照時間順序給我詳細說明清楚！」

「好……好的，呃……」

春雪仍然縮著脖子，讓這幾天的記憶在腦海中復甦。

最後一次召喚梅丹佐，是在前天……星期四的傍晚，和楓子一起闖進禁城時。當時他們在禁城內邂逅了Trilead與他的師父兼「上輩」Graphite Edge，針對BRAIN BURST誕生的理由與破關條件討論了一番。

不，嚴格說來，那天深夜裡，春雪和梅丹佐又見面了一次。但那是發生在他躺在床上睡覺時，也就是發生在夢中，也有可能真的是作夢。

不管怎麼說，他打算把之後發生的事情，從和日珥的合併會議說起，然而……

梅丹佐再度舉起右手，這次不是彈額頭，而是輕輕碰上春雪的頭盔。苗條手穿透護目鏡，碰到了裡頭的虛擬人體……再進一步碰到了更深處的意識。

一陣冒出火花般的感覺傳來，梅丹佐隨即拉開了右手。

「……原來如此，的確發生了很多事情呢……」

「咦……咦咦？」

剛剛那樣一碰就全都知道了？春雪正想問出這句話，這才想起在這Highest Level當中，梅丹佐能夠直接查閱春雪的記憶。

春雪想到不知道反過來有沒有可能，右手就要伸向梅丹佐頭上，但大天使忽然間微微睜開眼睛，讓他趕緊縮手。

梅丹佐以露出三成左右的黃金眼眸俯瞰春雪，說道：

「……也就是說，你們在Low Level和白色軍團展開戰鬥，卻突然移動到了Mean Level……

就是這麼回事吧？」

梅丹佐所說的「Mean Level」指的就是無限制中立空間，於是春雪猜到「Low Level」指的就是正規對戰空間或領土戰爭空間，於是點了點頭。

「嗯……嗯，是這樣沒錯……可是，這個我也還搞不太清楚。是我們所有人都從領土戰爭空間轉移到了真正的無限制空間，還是說只有領土戰爭空間的外觀跟規則變得很像無限制空間……」

春雪發言之餘，心裡盤算著若是後者，還算有辦法因應，然而……

大天使很乾脆地搖了搖頭。

「不，你們所在的座標，是不折不扣的Mean Level。也就是說，多半就是你看見的小戰士，用『心念系統』把你們轉移到了這裡。」

「…………」

春雪啞口無言了好一會兒，才以沙啞的嗓音問起：

「……這……這種事情，真的辦得到嗎……？要進入無限制空間不但有等級限制，還要消耗足足10點超頻點數呢……」

「唔……」

梅丹佐並不立刻回答，而是轉動身體，輕輕動起左手。

無限延伸的黑暗中，遙遠的下方出現了發出淡淡光芒的光點。這些光點轉眼間迅速增加，成為五顏六色閃閃發光的星海。

春雪看著這些交織成複雜紋路的繁星看得出神，接著察覺到那是港區戰區的地形。有無數星星匯集而格外明亮的地點，是品川車站。從那兒往南北方向延伸的線條，是山手線與東海道新幹線。品川車站北方不遠處有著高輪車站，西側則相對較暗。

春雪他們所看的繁星——照梅丹佐的說法是「節點」——全都是現實世界中的公共攝影機，所以在車站、鬧區或幹線道路沿線就會比較多，在史蹟或公園等處則會比較少。也就是說，高輪車站西側的暗處多半就是泉岳寺……領土戰爭空間中要塞據點(Stronghold)所在的地點，也就是春雪等黑暗星雲團員，與Glacier Behemoth等震盪宇宙方面的防衛隊展開對峙的地點。

現在春雪的主觀時間幾乎完全停止，但一從Highest Level回到無限制中立空間的瞬間，戰鬥就會重新開始。他非得在這之前，儘可能多收集情報才行。

正朝泉岳寺一帶凝神觀看，梅丹佐就以更增幾分嚴肅的聲調說：

「……Mean Level的一部分，留有空間異常變動的痕跡。」

「這……這是怎麼回事？」

「來，你看清楚。」

大天使說完所指的地方，和春雪所注視的泉岳寺有著一小段距離。春雪拚命凝視，就注意到繁星有著非常細微的震動。就好像是黑色的水面上起了小小的漣漪。

「光在搖動……那是……？」

「同樣的現象，我過去也曾看過一次。當Mean Level受到大規模的干涉，節點就會留下那樣的震動。想來這個小戰士，是把你們連著整個空間切下來，往Mean Level的同一座標轉移……不，應該說是加以同調。」

「所……所以是……剪下貼上……？」

春雪茫然複誦，目光仍持續被繁星的漣漪所吸引。

他忽然想起當年連BRAIN BURST的存在不知道的小學生時代，常玩的一款老遊戲。那是一款距今將近五十年的古早時代上市的解謎型動作遊戲經典名作，而這個遊戲有個漏洞，就是先對手上的物品進行特定操作再進入空間跳躍區，就會被傳送到本來不能去的地圖。

物品的種類與數量，就對應到空間跳躍去處的地圖——也就是說在遊戲的世界裡，明明是離得很遠的地方，但在程式上卻只是一個數字的差異，這個事實曾對年幼的春雪造成不小的震撼。這款老遊戲和BRAIN BURST 2039，容量多半差上幾百萬倍，不，多半是幾千萬倍，但遊戲的本質並沒有什麼兩樣。領土戰爭空間與無限制中立空間，看似相隔無比遙遠，但在BRAIN BURST中央伺服器之中，物理距離卻沒有意義。

心念能夠覆寫加速世界中的所有現象。既然如此，把分配給某個地圖的位址，改寫成其他地圖的位址，原理上是否也是可行的呢？

然而，到底是有著什麼樣的想像……有著多高的想像力，才能做得到這種事情？這是對加速世界本身進行干涉，可說是最極致的範圍型心念。

「……是誰，做出這種事……」

春雪一邊想起那甜美清澈中帶著幾分落寞的嗓音，所唸出的招式名稱「範式瓦解」，一邊凝視眼底的繁星。

在Highest Level，不只可以看到描繪出地形的「節點」，應該還能看見連進無限制中立空間當中的超頻連線者。他拚命集中意識，結果就在泉岳寺暗處的中央略偏東側處，看見了小小的銀光。春雪直覺地猜到，那就是Silver Crow。

他一邊感受這這種從外側看著自己的奇妙感覺，一邊讓知覺往外擴張。

出現在Crow身旁的灰色光點是Ash Roller。亮綠色的Bush Utan與濃綠色的Olive Glove也緊密相鄰。

往南一小段距離處密集的咖啡色、紫色與水藍色三個光點，是Chocolat Puppeteer等Petit Paquet組的人。接著與春雪等人對峙，發出強烈冰藍色光芒的大光點，肯定就是白之團幹部集團「七矮星」之一的Glacier Behemoth。

待在泉岳寺寺地內的就只有這八個人，但東側與西側成排的辦公大樓屋頂上，另外存在著好幾個光點。雖然無法詳細看出哪個光點是誰，但想來盤據在東側的是黑暗星雲的高等級玩家，而西側則是震盪宇宙方面的人。

然後在泉岳寺北側唯一存在的一棟細長的大樓上，存在著一個小小的光點。

微微泛紫的淡粉紅色，色調和先前有如極光一般籠罩領土戰爭空間的過剩光（Overlay）相同。推測是那個超頻連線者發動了造成現況的心念應該不會錯，但在Highest Level無法得知對方的模樣和名稱，總有種隔靴搔癢的感覺。

梅丹佐彷彿看穿了春雪的心思，說道：

「現階段我也沒有辦法得知位置以外的資訊……但在Low Level的領土戰爭空間，只有參加進攻方或防守方軍團的人才進得去，所以既然你不認識對方，也就表示問題所在的這個小戰士，是那震盪宇宙的團員了。」

「這……應該是吧……」

春雪點頭歸點頭，腦袋卻停在不上不下的角度。

因為剛從領土戰爭空間被強制轉移到無限制空間後，Glacier Behemoth喃喃說出了令春雪不可思議的話。

——……王啊…………妳的意思是，現在就是那一刻了嗎？

春雪不知道這句話正確的含意，但至少這件事即使對身為震盪宇宙重要幹部的Behemoth而言，都是意料之外……聽來有這個言外之意。但同時卻也可以解釋為，他懂得這強制轉移意味著什麼。

這麼說來，發動心念「範式瓦解」的，就是對Behemoth而言的王……也就是震盪宇宙的首領，白之王White Cosmos本人了？

北側的屋頂上，那個獨自落寞發光的光點，就是白之王本人……？

春雪試圖在腦內比對，上個月底校慶當天，以偽裝虛擬角色現身的白之王嗓音，和這個唸出心念名稱的嗓音是否相同。

他覺得這甜美清澈的嗓音倒也有點像，但另一方面，他從闖進梅鄉國中校內網路的白之王說話聲音中，感受不到半點落寞。即使處在那種狀況下，她仍維持若無其事……不，是維持超然的態度，始終不透出內在的情緒，就這麼離開了。

如果這個淡桃紅色的對戰虛擬角色是另一個人，那麼這人多半是白之團的高等級玩家，春雪自然沒有理由認識。

「……奇怪，可是…………」

他皺起眉頭，把用矇朧光芒描繪成形的右手，貼到頭盔側面。

「總覺得她的嗓音……我好像在哪兒聽過…………？」

「僕人，你在說什麼？」

聽梅丹佐問起，他半自動地回答：

「我覺得這個把我們拉進無限制空間的超頻連線者說話的聲音，好像在哪兒聽過。可是，是在哪裡聽過呢……不是七王會議……也不是在合併會議……」

「唔，那就由我來搜尋看看你的記憶吧。」

「嗯，那……等等，咦……咦咦？」

春雪正要乖乖伸長脖子，這才趕緊縮回去。

「搜……搜尋？可以這樣喔？」

「誰知道呢。可是，不管是你們的記憶還是Being的記憶，保存型態不是都大同小異嗎？只要挖出來看看，應該就會得知一些情報。」

梅丹佐一邊說著駭人的話，一邊用左手牢牢抓住春雪的頭盔。她的手明明比Silver Crow還嬌小得多，春雪卻被抓得頭部完全無法動彈。

「咿咿咿咿……救……救命……」

梅丹佐聽見春雪的哀嚎，眉毛也不動一下，就伸直右手食指與中指，眼看就要插向頭盔正中央——

但就在最後一刻，她全身靜止不動。

只見她左手仍抓著春雪的頭，迅速轉身。

「什麼人！」

聽到這句語氣凌厲的話，春雪啞口無言地瞪大雙眼。

這裡是時間停止的Highest Level。是和超高階公敵梅丹佐連線的春雪才能夠抵達的，加速世界的深淵。哪有需要喝問來人是誰，這種地方根本不可能有任何人出現…………

啵。

他聽見了一種用指尖彈在極薄金屬膜上似的些微聲響。

啵。啵。這個規律反覆的聲響，漸漸變大。

這是──腳步聲……？

春雪直覺感受到這點，勉力從梅丹佐的左手穿出，直視黑暗的另一頭。

起初，他只看見一個模糊搖動的白色影子。

隨著影子漸漸接近，也就轉變為人形。和春雪與梅丹佐同樣，是由朦朧的光點描繪出輪廓的，一個小小的女性型對戰虛擬角色。

她的個子只到Silver Crow的胸部左右，手腳與軀幹都細得驚人，身穿一套冰雪結晶般幾何圖案的禮服型裝甲。

少女型虛擬角色在春雪他們眼前停下腳步，讓惹人憐愛的面罩上開朗地漾出笑容，說道：

「啊哈，終～於找到啦。」

「……妳……妳是什麼人……？」

「問別人名字之前，應該先報上自己的名字……我是很想這麼說，但你的名字我已經知道，就破例告訴你吧。我是『Snow Fairy』，也有人叫我『瞌睡蟲（Sleepy）』就是了。請多指教嘍，Silver Crow。」

一聽見少女以酸酸甜甜的嗓音，報上這個惹人憐愛的虛擬角色名稱……

春雪忘了自己身在不可能進行物理干涉的Highest Level，忍不住跳開一步，擺起了架式戒備。

因為這個名字，在黑雪公主交給他們的震盪宇宙全團團員名單上，是記載在相當前面的地方。是幹部集團「七矮星」之一，而且先前打過的強敵Glacier Behemoth是排名第七，Snow Fairy卻是排在第二。

黑雪公主在提到名單的記載順序時，曾說：「這不是單純按照實力高強而排出的順序，真要說起來，是照棘手程度高低順序排出來的。」也就是說，眼前這個少女型虛擬角色，是整個白之團當中相當不好應付的一個。

「妳……妳怎麼會在這裡？」

春雪不及細想就問出這個問題，Snow Fairy再度笑瞇瞇地說道：

「因為我總覺得有人在看著我呀。這裡挺可怕的，所以我不太想來……可是，我又討厭被人偷看。」

「……覺得，有人在看妳……？」

春雪茫然複誦這句話。

如果相信她剛才這幾句話，那就表示眼前這個笑瞇瞇的少女型虛擬角色，感覺到了春雪從Highest Level觀察無限制中立空間（Mean Level）。

他怎麼想都不覺得這有辦法辦得到。照春雪的認知，Highest Level的觀察者，就像是隔著螢幕，觀看舊世代網路遊戲的觀眾一樣。到底要是什麼樣的對戰者，才有辦法注意到待在網路另一頭的第三者呢？

連正在鍛鍊思考爆發力的春雪，也不知道該如何因應這個事態，身體維持在戒備的姿勢僵住。

相對的，Snow Fairy將視線轉向站在春雪身旁的梅丹佐，笑意微微轉淡。

「……你們為什麼就這麼三心二意呢……？既然是公敵就該像個公敵，欺負超頻連線者就該心滿意足了。就是因為你們做出這種奇怪的干涉……」

她說到這裡，停頓了一瞬間，輕輕聳了聳肩膀。

「……算了，無所謂。反正我們再也不會見到了。」

接著她朝難得維持沉默至今的梅丹佐踏上一步，右手一舉。

她那細得驚人，讓人無法想像她是對戰格鬥遊戲虛擬角色的手指做出了抓住東西的動作。

這一瞬間，梅丹佐有了反應。她身體始終靜止不動，只讓頭上的光環發光，但Fairy就像受到隱形的衝擊一樣，退開一步。

她們兩人在這不可能互相干涉的Highest Level裡，到底進行了什麼樣的較勁，春雪根本無從想像。但緊接著他就受到一種腳底地板突然空了的感覺，忍不住驚呼出聲。

「嗚……嗚哇！」

他反射性地就想用背上的翅膀懸停，但沒有效果。但這似乎不是Fairy的攻擊，而是由梅丹佐所引發的現象。他就這麼和保持沉默的大天使肩並著肩，一起往黑暗中急速掉落。只見轉眼間不斷遠去的妖精型虛擬角色，微微聳了聳肩膀。

「唉，好可惜喔……」

幾乎就在聽到這句喃喃自語的同時……

一聲像是把BRAIN BURST的加速聲響逆向播放似的聲波，籠罩住了春雪，讓他的視野轉為一片全白。

2

回到無限制中立空間的瞬間，春雪不由得腳步微微踉蹌。

他勉力站穩腳步，首先就朝左肩看去。確定梅丹佐的立體圖示好端端地留在那兒，才細細呼出憋住的一口氣。

體感上他覺得在Highest Level停留了足足五分鐘以上，但實際上應該連一秒鐘都不到。就在不遠處，可以看到Ash Roller、Bush Utan、Olive Glove等三人，茫然地環顧四周，像是在尋找消失的要塞據點。

「……那個叫Snow Fairy的小丫頭，別以為我會輕易饒了她。」

左肩的梅丹佐發出前所未聞的尖銳嗓音，讓春雪全身一震，縮起脖子。

「咦……？妳……妳是說剛才的事？她本來想做什麼？」

「她想切斷我花了大量時間才強化好的，我和你之間的連結。」

「切斷……等等，可是，在Highest Level不是不能干涉別人嗎……」

「原則上你說得沒錯。可是……」

但她說到這裡，跨坐在機車上的Ash Roller似乎聽見了說話聲音，回頭大喊：

「喂，臭烏鴉！這到底是……」

就連世紀末機車騎士，似乎也掩飾不住困惑，而Petit Paquet組與後方的Sky Raker等人多半也是一樣。但震盪宇宙方面應該對現在的狀況掌握得比較清楚，要是就這樣繼續突出在前線，就有被對方先發制人的危險。

春雪判斷眼前得先重整己方團隊的態勢才行，於是朝Ash Roller等人大喊：

「Ash兄，我們先退再說吧！這裡是真正的無限制空間！一旦死掉，就有可能陷入無限ＥＫ……」

自己下意識脫口而出的話，經過短暫的延遲後而回饋到思考當中的瞬間，春雪全身竄過一陣強烈的惡寒。

無限ＥＫ（Enemy Kill）。

指的是在不可能即時登出的無限制空間裡，死在超強力公敵的地盤，一小時後自動復活→受到公敵的攻擊而被瞬殺，反覆這樣的情形而損失所有超頻點數的現象。為了防止這種情形發生，連進無限制空間之前，要事先設定自動切斷全球網路連線的定時器，已經成了常識。

然而，如果有攻擊力直逼神獸級公敵的超頻連線者在。

即使不動用一戰定生死對戰卡，也能用和無限ＥＫ同樣的方法，將其他超頻連線者逼到點

數全失的地步。這不是Enemy Kill，而是無限Player Kill

就是這個。既然這強制轉移是震盪宇宙陣營所引發，那麼這就是他們的目的。黑暗星雲再三阻撓加速研究社與白之王White Cosmos的計畫，而他們想必就是要完全排除黑暗星雲。

春雪一邊感受著虛擬人體的手腳因為強烈的戰慄而發麻，一邊打算再度開口催Ash等人後退。

但背後搶先傳來了說話聲。

「鴉同學，你剛剛說的是真的嗎！」

春雪趕緊回頭一看，Sky Raker正翻動白色洋裝跑來。在她身後還可以看見Ardor Maiden與Aqua Current等進攻團隊的團員。看到這個情形，先前往南退避的Chocolat她們也朝這邊跑來。

春雪反射性地數了數隊友的人數。

黑暗星雲幹部「四大元素」有三人，她們身旁有前日珥的幹部「三獸士」，也就是Blood Leopard、Cassis Mousse與Thistle Porcupine。

更後方有Cyan Pile、Lime Bell、Magenta Scissor密集站在一起。三人共乘美式機車的Ash Roller等人，以及再度會合的Chocolat等人，再加上春雪與梅丹佐，總共十七人。只有作為祕密兵器的「他」並未出現，但這點是在計畫當中。

既然春雪這些進攻團隊能夠全員進場，那就表示白之團方面，也早已將事前預估的最大規模人數——將近二十人，布署在這港區第三戰區。對大本營所在的戰區進行重點式的防守是理所當然，但問題是這當中包含了幾個「七矮星」。

春雪一邊為了從Highest Level的偵察在短時間內就結束覺得遺憾，一邊對Sky Raker也簡單說明了狀況。

「師父，我們是被轉移到了真正的無限制空間。白之團之所以這麼做，目的大概是……」

「僕人！」

這次換左肩上的梅丹佐，打斷了春雪的話。

「看那邊！」

立體圖示小小的翅膀指向正上方。春雪的視線被吸引過去，仰頭看向黎明將近的天空。

染上濃濃紫色的雲朵中，無數的白色物體無聲無息，輕飄飄地翩翩落下。攤開手掌接住一看，這些東西就瞬間融化為水珠，轉眼間蒸發殆盡。雖然感受不到寒冷，但這怎麼看都是——

「雪…………？」

春雪喃喃一說，拓武立刻有了反應。

「『魔都』屬性應該沒有天候因素……不過遇到這種異常事態，我也無法斷定……」

「你們還在悠哉什麼！」

立體圖示在左肩拍動薄薄的翅膀。

「這是Mean Level的覆寫現象……是用你們稱為『心念系統』的力量造成的！」

「咦……」

春雪說不出話來，再度仰望昏暗的天空。

純白的雪，不只在泉岳寺上空，至少籠罩住整個港區第三戰區中心部分，綿綿地下個不停。心念的確有著廣範圍的類型，但他別說不曾見過，甚至也不曾聽過有什麼心念能影響這麼大的範圍。

到底是誰，為了什麼目的……春雪一邊想著這些念頭，一邊讓視線跟著緩緩飄落的白雪下降。

順著看過去，就看見有個巨大的影子默默縮著不動。

是空間轉移到無限制空間之前，和春雪展開激戰的白之團強者「噴嚏精（Sneezy）」Glacier Behemoth。

就如他那意味著冰河巨獸的虛擬角色名稱所示，Behemoth施展強力的凍結攻擊，把Petit Paquet組的三人打得陷入瀕死狀態，並讓趕來救援的春雪陷入苦戰。既然如此，這場雪會是擅使寒氣的他用心念下的嗎？

春雪右手用力握緊強化外裝「輝明劍（Lucid Blade）」，凝視著盤據在二十公尺距離外的巨獸。

Behemoth從剛被強制轉移後，說了那句：「王啊，妳的意思是，現在就是那一刻了嗎？」

以來，就完全保持沈默。他將巨大的虛擬身軀縮到極限，深深低頭的模樣，彷彿在害怕某種事物……又或者，雖然說不通，但看起來倒也像是在對春雪他們謝罪。

漸漸愈下愈大的雪中，Sky Raker發出低沉緊繃的聲音說：

「……狀況太不明瞭了。雖然遺憾，但我們還是暫時停止這次作戰，回現實世界去吧。最近的傳送門是……」

「是品川車站。當然也要這裡是無限制空間才算數。」

春雪迅速對Cassis Moose的話點頭回應：

「這錯不了。」

楓子也輕輕一點頭，對身旁的謠吩咐：

「Maiden，打撤退信號。」

「了解。」

Ardor Maiden將長弓舉向下著雪的天空。就像Glacier是以光線攻擊叫來同伴，黑暗星雲陣容也事先決定好了Maiden的火焰箭所代表的各種訊號。雖然幾乎整個團隊的成員都在場，但對應該在後方待命的「他」，也非得通知到撤退的消息不可。

即使Maiden開始拉緊長弓的弓弦，創造出火焰箭，Behemoth仍然不動。應該就盤據在後方大樓屋頂的震盪宇宙方面超頻連線者們，也沒有接近的跡象。戰場上就只有心念的雪無聲無息地下著。

謠把弓拉到最滿，經過一瞬間的靜止狀態後，右手一放。

籠罩著朱紅色火焰的箭垂直往上飛——

只上升了短短十幾公尺，光芒就急速衰減，燃燒殆盡似的消失無蹤。

「咦……………」

謠小聲驚呼。Ardor Maiden的長弓「火焰召喚者(Flame Caller)」是一項優秀的強化外裝，如果把弓拉到最滿，就能發揮媲美步槍的射程。本來這一箭應該可以輕易穿透低垂的雲層，創造出無論身在戰區何處都看得見的光芒，但這樣一來根本不構成信號。

謠想再次拉弓，動作卻忽然停住。

她整個嬌小的身體迅速轉向西方。到了這個時候，春雪也已經感受到了。感受到一股令他連虛擬身體整個體幹顫抖的，強烈到了極點的資料壓(Pressure)。

尚未看清楚壓力來源，就聽到說話的聲音：

「在我的雪中，無論多烈的火都會消失。」

這個像是年幼少女般咬字不是很清楚的甜美嗓音，他並不陌生，有著優越視力的Blood Leopard短短說了一句：

「Behemoth上面。」

春雪照她的話，凝神往下個不停的雪花另一頭看去。

這人多半是混在雪與黎明的黑暗中移動過來，只見縮起身軀的巨獸那失去了一隻角的頭上，有個小小的人影。

雖然看不清楚細部，但那身以雪的結晶為主題的輪廓，他不可能會看錯。這人就是一路追著春雪與梅丹佐去到Highest Level，企圖切斷他們兩人連線的「七矮星」中排名第二的Snow Fairy。

也就是說，讓這場雪下起來的，就是她的心念了？這雪能讓Maiden的火焰箭消失，心念強度確實驚人，卻又不會讓人受到損傷，甚至連寒冷都感覺不到，這是怎麼回事——

「……糟了。」

Aqua Current以細微的聲音喃喃說完，籠罩在水流裝甲中的左手手指一彈，把水滴彈到前方。水滴閃閃發光往前飛翔，和火焰箭一樣，只飛到短短十公尺外就瞬間凍結，像玻璃珠似的在地面滾動。

「我們被極低溫的地形圍住了說。」

「咦……這……這麼說來，不冷的地方只有這裡了？」

春雪以破嗓的聲音發問，晶默默點頭。春雪趕緊再度細看四周，發現就只有圍繞著他們一行人的一個直徑約二十公尺的空間裡，雪才是垂直落下，外圍卻是風雪呼嘯。一進到暴風雪中，肯定會受到強烈的寒氣侵襲並受到損傷。

「你們已經離不開這裡了。」

Snow Fairy稚氣的嗓音再度傳來。下個不停的雪密度漸增，不知不覺間，已經幾乎看不見四方的建築物了。

「……我們強行突破，一路退到傳送門。」

Sky Raker似乎判斷再這樣拖下去，狀況只會變得更差，於是輕聲這麼一說，Ash Roller立刻催了催機車的油門。

「就等妳這句話啊，師父。開路的工作就請交給我們。」

坐在Ash後面的Utan與Olive同時連連點頭，楓子也點頭回應。

「拜託你了，Ash。等我架起屏障就是信號，你就往南騎，其他人採密集隊形跟在機車後面，大家知道了吧。」

眾人一齊點頭。

這番討論是以極小的聲音進行，所以遠在二十公尺外的Snow Fairy照理說不可能聽見。但春雪覺得就在漫天飛舞的大雪另一頭，傳來了嘻嘻幾聲竊笑，讓他用力握緊了雙拳。

他將輝明劍收回左腰的劍鞘，準備因應衝鋒信號。

楓子在眾人中央，緩緩舉起右手，大喊：

「『庇護風陣（Wind Veil）』！！」

Sky Raker的手掌，迸出鮮明的綠色過剩光。這些光芒瞬間轉變為旋風，吹開風雪往外擴張，形成一個籠罩住所有隊友的強風防護罩。

楓子的心念屏障，連先前加速研究社的Rust Jigsaw所發動的第四象限心念「鏽蝕秩序（Rust Order）」都擋了下來，現在更讓春雪把隱約感受到的恐懼與不安都拋諸腦後，帶給他全新的活力。

Ash Roller讓機車後輪劇烈空轉。當胎紋咬上石板的瞬間，三人共乘的機車猛然往前衝，剩下的十四人也一起蹬地飛奔而起。

離泉岳寺南門約有一百公尺。從南門到傳送門所在的品川車站，路程約為一公里。只要以全速奔跑，花不了幾分鐘。他們採取把體力計量表有所減損的Chocolat等三人圍在中央保護的隊形，整個團隊衝進有著心念暴風雪將景象捲得一片全白的極低溫空間——

就在這一剎那間。

「『末次冰期（Last Glacier period）』。」

沉重的招式名稱喊聲從後方追來，追過了他們。

轟轟！

驚人的轟然巨響撼動整個空間，有物體從四周的地面突然聳立起來。

是水藍清透的冰塊。一根根厚重的冰柱林立，構成一堵圓形的牆壁。

「哇啊啊！」

Ash Roller嚷嚷著緊急煞車。前後碟煞噴出火花，讓機車減速，但眼看實在停不下來。

「交給我！」「包在我身上！」

Cyan Pile與Cassis Moose同時大喊，從機車左右兩側上前。Pile以手上的打樁機（Pile Driver），Cassis以頭部的巨大犄角攻擊冰壁。

鋼鐵尖樁與帶刺的犄角，完美地抓準了同一時機，重重撞上冰壁。

進攻團隊中個子最大的兩個虛擬角色，一瞬間靜止不動。

隨即承受不住自己創造出的動能反作用力，被彈回後方。

「嗚……」「嗚啊！」

Pile與Cassis背部著地，Ash的機車慢了一拍後，也以側面撞向冰壁。上面搭的三個人都以右腳踢牆，得以避免受到致命的損傷，但一撞之下機車右邊照後鏡撞飛，排氣管也當場彎折。

春雪不及細想，張開背上的翅膀減速，一邊接住從後方跑來的Raker等人，一邊發出震驚的呼喊：

「竟然……毫髮無傷……！」

冰壁受到Pile與Cassis的全力攻擊後，吸進了從東方微微照來的紫色曙光，顯得光澤透潤，豈止沒有龜裂，連一丁點損傷都找不到。冰壁化為一個直徑十公尺，高度更有過之的牢籠，完全關住了他們十七個人。

「……這些冰也是心念創造出來的。」

梅丹佐在左肩細語。春雪聽了後，反射性轉身看向後方，正視縮在厚重冰壁外的黑影。

先前聽到的招式名稱喊聲，毫無疑問是Glacier Behemoth所發。

他和春雪對打時，堅守對戰格鬥遊戲玩家的公平競爭精神。不偷襲、不找幫手，也不挑釁或謾罵。但現在的情形，卻代表這樣的他，犯下了超頻連線者最大的禁忌——「以心念先下手為強」。

真要說起來，從被轉移到無限制空間，就已經是透過心念的力量所為。而且既然震盪宇宙方面的目的，是要對黑暗星雲進行無限ＰＫ，當然也就會不擇手段，但春雪仍然忍不住喊了出來：

「Behemoth……！」

他的喊聲似乎穿透了楓子的心念屏障與冰壁，送進了對方耳裡……

始終縮在地上的巨獸，在被強制轉移後首次動了。他仍讓Snow Fairy站在自己頭上，緩緩抬起上身，一對有著銳利形狀的鏡頭眼發出泛青色的白光。

「……這是為了我們的大義。」

Behemoth以彷彿直接迴盪在腦海中的沉重嗓音宣告。

「也為了所有的超頻連線者……得請你們就在這裡消失。」

「大……大義……？你說這是，為了超頻連線者……？」

春雪用像是從整個身體最深處擠出的沙啞嗓音，問了這個問題。

「你的意思是說……你們這些年來所做的事情當中，有著正義……？」

「你們其實也已經注意到了才對。」

回答他的，是站在Behemoth頭上的Snow Fairy。

「注意到這個世界當中，有著遠遠比災禍之鎧，比ISS套件，更加殘酷的詛咒。」

她那細得怎麼看都沒辦法進行格鬥戰的雙手，伸向昏暗的天空。湛然的青白色光芒，籠罩住她嬌小的輪廓。

「就由我們來解放……從綁住你們的詛咒當中，把你們解放出來。」

Snow Fairy的過剩光伴隨著震動擴散，將下個不停的雪化為沒有溫度的光點。

「『白色結局（Brinicle）』。」

周圍的雪開始發出光芒並劇烈旋轉。無論Behemoth與Fairy的身影，還是泉岳寺周邊的景色，全都被白光吞沒。春雪本能地擺出架式戒備，但白色暴風雪只在Behemoth所創造出來的冰壁外肆虐，沒有接近的跡象。

這是否又是為了絆住他們十七人而施展的捕獲型招式呢？若是如此，是否應該趁現在，至少先破壞冰壁呢？

春雪想到這裡，為了發動心念「雷射劍（Laser Sword）」而伸直了右手五指。

但他尚未集中想像，左肩的立體圖示就尖銳地呼喊：

「僕人，上面！」

春雪和聽見這小小呼聲的周圍幾個人，同時仰望黎明的天空。其他團員稍後也跟著仰望上空。

看得見有一團漏斗狀的白雲正緩緩下降。這團不規則搖動的雲，是以超高速旋轉的漩渦。也就是冰雪的龍捲風。

莫非那個龍捲風就是Snow Fairy的心念「白色結局」的本體嗎？然而，以攻擊招式來說，速度未免太慢。龍捲風伸長的速度，大約是每秒一公尺，也就是說，還位於上空三十公尺的龍捲風前端，要延伸到春雪等人所在的地上，算來還得花上三十秒。

這招若是由Fairy單獨發動，相信應該沒有哪個超頻連線者，會白白讓自己挨上這招。也就是說，這種招式是以能利用別種手段來定住目標為前提。一種完全放棄了速度，專攻其他性能的招式……

Thistle Porcupine沙啞的嗓音，證實了春雪所想的念頭。

「這下慘了啊……」

或許是因為極度的緊張，只見她背上毛茸茸的毛皮激烈豎起，說道：

「那種心念，多半是全灌在攻擊力的『挨到必死』類攻擊。要是不想辦法躲開或抵擋就慘了。」

聽到這句話，隊長楓子迅速有了反應。

「能施展防禦類心念的人準備防禦！能進行物理攻擊和火焰攻擊的人，破壞四周的牆壁！」

「了……了解！」

春雪立刻呼喊回應，這次真的開始把意識集中到右手。站在右側的拓武，也用左手抓住從強化外裝伸出的鐵樁前端，左側則可以看到晶把雙手舉到身前交叉。

「『蒼刃劍（Cyan Blade）』！」

「『相轉移（Phase Trance）』——『銳（Keen）』！」

藍色系的兩位同伴同時喊出招式名稱，各自迸發出色調不同的藍色過剩光。Cyan Pile的打樁機化為巨大的雙手劍，Aqua Current的水流裝甲則凍結成堅硬的鎧甲與拳劍。

他們把因為個人的方針而不學心念的Ash Roller、擺脫ＩＳＳ套件以來就遠離所有扯上心念兩字事物的Bush Utan與Olive Glove、才剛從楓子等人口中得知心念系統存在的Petit Paquet組，以及尚未學會心念的Lime Bell圍在中央，剩下的團員也各自進入發動心念的態勢。

負責防禦的，則有已經發動「庇護風陣」的Sky Raker、將長弓化為扇子的Ardor Maiden，以及讓巨大犄角籠罩上紫色過剩光的Cassis Moose。

負責攻擊的，除了Silver Crow、Cyan Pile、Aqua Current外，還有伸長了雙手鉤爪的Blood Leopard、舉起腰間兩把大型刀的Magenta Scissor，將背上的毛皮化為尖針的Thistle Porcupine。

從楓子一聲令下，到所有人完成準備，用上了十秒鐘，白色龍捲風的前端已經逼近到上空十五公尺處。剩下時間約十五秒，對已經專注到極限的超頻連線者而言，這樣的時間絕對不算短。

「大家配合好時機！」

楓子一聲令下，春雪與拓武等人同時面向冰壁擺好架式。背後則有楓子、謠、Cassis雙手舉向冰雪龍捲風。

「三、二、一、零！」

春雪配合短短的倒數讀秒，高高舉起右手。

「『雷射（Laser）……劍（Sword）』！」

懷著絕對要擊碎的決心所集中的想像，形成了光的劍刃。拓武與晶，也都分別舉起了鋼鐵大劍與寒冰刀刃。

「唔喔喔喔！」

他一邊發出尖銳的呼喝，一邊舉起劍刃就要刺向Glacier Behemoth所創造出來的厚實冰壁之際——

這一剎那。

視野角落，有個短短一秒鐘前都還不存在的人影浮現。

不是突然出現。不是這樣，感覺像是從一開始就有人待在那兒，只是到了現在才總算注意到。

從春雪發動心念，到接觸冰壁的時間，應該頂多只有零點二、三秒。

但就在這一瞬之間，春雪知覺到有人現身，舉起右手，以不帶多少起伏的聲調，發動了心念。

「『虛數時間（Imaginary Time）』。」

這種心念並未產生一絲一毫的光或聲響，連震動都沒有。春雪的體力計量表，也連一個像素的長度都並未減損。

就單純只是——右手上的心念劍刃消失了。

在右側則可以看見拓武才剛要往下劈的雙手劍消滅，左側則是包覆晶全身的冰武裝融化。

而楓子那籠罩住所有人的心念屏障，也瞬間抹消無蹤。

春雪對這異樣的現象震驚之餘，卻又無法中途收起這卯足全力全心的一擊，手刀重重刺在冰壁上。這一下當然未能擊碎冰壁，甚至連傷痕都刮不出來，反而傳來手指裝甲幾乎散去的感覺與尖銳的疼痛，但春雪幾乎意識不到這些感覺。

「取消心念的心念」。

他無法相信會有這樣的心念存在，但怎麼想都只可能是這樣。

「這……」拓武發出驚呼。

「怎麼可能？」晶輕聲自語。

春雪聽著他們兩人說話，同時身體朝左轉，直接目視到了這個突然出現的對戰虛擬角色。

像一根尖銳木棒似的高瘦輪廓，沒有鼻子也沒有嘴的面罩。全身裝甲是瓷器般有光澤的淡象牙色。

白之王全權代理人，「七矮星」之一的Ivory Tower。

先前春雪只在七王會議上看過他出席兩三次，直接對戰的經驗當然是不用說了，甚至不曾在戰場上看過他。這樣的對手突然現身，發動一口氣取消九人份心念的大招，但對這件事的震驚立刻轉為戰慄。

若不破壞關住他們十七人的冰牢——Glacier Behemoth的「末次冰期」，就無法離開這裡。Snow Fairy那一旦人被吞沒進去就會受到莫大損傷的「白色結局」，正從上空逼近。龍捲風的前端已經來到眾人頭上，離抵達地面的時間還有六……不，是五秒。

最先從驚愕與戰慄中恢復過來，打破這剎那間停滯的人是楓子。

「鴉同學！」

轉過身來的楓子，與左肩上的梅丹佐，說出了完全一樣的話。

「「快逃！」」

的確，在這個狀況下，能夠越過高達十公尺的冰壁逃走的，就只有擁有翅膀的Silver Crow。但這種拋棄這群重要的伙伴，只求自己活命的事，我當然做不出來——

春雪自己揮開了這剎那間的遲疑。

楓子並不是為了情感上的理由而命令春雪逃走。哪怕只有一個人，只要有人能夠逃脫，就有打破局面的手段。最壞的情形是進攻團隊就在這裡全軍覆沒，只有這個情形是說什麼也非得避免不可的。絕對要避免。

「——是！」

春雪心如刀割地呼喊回應，張開了背上的翅膀。

離死亡龍捲風降到地面，還剩下三秒。

至少，也要多帶一個人走。

春雪轉過身去，瞬間分辨出離自己最近，最輕量的虛擬角色後，立刻用力伸出雙手。

「Bell！」

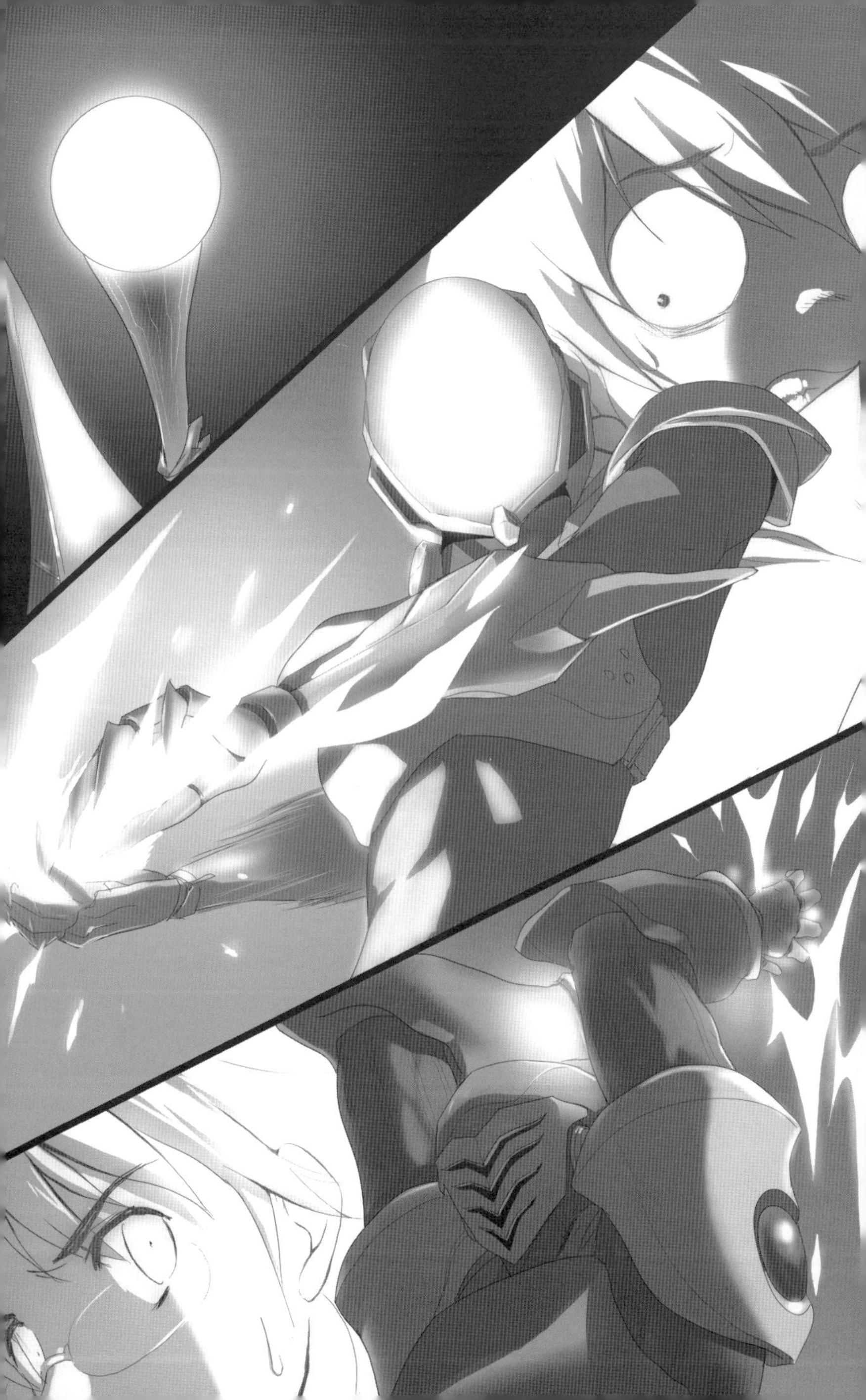

剩下兩秒。

Lime Bell聽到春雪呼喊，以反射性的動作伸出了自己的手。

春雪蹬地而起，一抓住她的手，就全力振動背上的翅膀。

剩下一秒。

春雪以雙手牢牢抱住千百合起飛，尖錐般旋轉的寒氣就從他背後通過。明明應該並未接觸到，背上卻傳來刺骨的冰冷，讓體力計量表微微減少。

「嗚……！」

他咬緊牙關，從冰壁與龍捲風的縫隙間飛了出去。

同時，翻騰的寒氣抵達了地面。

「啊啊……！」

千百合在懷裡發出悲痛的呼聲，同時春雪也在視野右端捕捉到了這個景象。

直徑十公尺的冰壁內部，瞬間染成一片全白。淡淡曙光的照耀下閃閃發光的鑽石粉塵在裡頭肆虐，遮住了同伴們的身影。

緊接著，空間正中央接連噴起了水藍色、紫色與咖啡色的光影特效。是在和Behemoth對打時就已經受到重大損傷的Chocolat、Mint與Plum，承受不住損傷而死亡。過了一會兒，是兩股綠色系的特效。是Utan與Olive嗎？

春雪預測，又或者是期盼，死亡特效會就此不再發生。

但硬質的破碎聲響不斷持續。靠近外圍處有兩團藍光。Cyan Pile與Aqua Current，中央處有灰色與紅紫色。Ash Roller與Magenta Scissor。

「天啊……！」

就在春雪飛到離冰壁有一段距離的地方懸停，低聲驚呼的這時。

「僕人！」

梅丹佐再度在他左肩呼喊。

「你看那個！」

春雪趕緊轉動視線。有人從豎立在戰場西側的大樓屋頂上跳了下來，反覆幾次大跳躍接近過來。

「嗚……」

不能在這個時候開打。春雪張開背上的翅膀，開始朝理應位於西南方的品川車站飛行。

背後不僅有震盪宇宙的追兵，還有被龍捲風吞沒的虛擬角色破碎聲響追來。春雪全力飛行之餘，暗自在內心數著數目。

十、十一、十二。不用看特效的顏色，春雪也莫名地能夠認知到那是誰的死亡音效。Cassis Moose、Thistle Porcupine、Ardor Maiden。

十三。Blood Leopard。

然後，是十四。

Sky Raker。

「這不是真的……」

春雪一邊感覺到護目鏡下的鏡頭眼透出眼淚，一邊發出細小的驚呼。

即使Snow Fairy的心念屬於專精破壞力型，又即使心念被Ivory Tower的心念封死，看到連身經百戰的高等級玩家「四大元素」與「三獸士」都被一招斃命，讓他說什麼也沒辦法相信。沒錯，現在回想起來，這還是第一次。他還是第一次在加速世界中，目睹楓子、謠與晶等人斃命的場面。

春雪正要再說一次「這不是真的」……

卻聽見第十五次破碎音效。

他倒抽一口氣，在腦中重新數起同伴人數。

先前被困到冰牢裡的有十六人，幾乎是整個進攻團隊。其中春雪與千百合已經逃脫，所以剩下十四人。既然如此，那麼剛剛聽見的第十五次死亡音效是——

想也知道，是Ivory Tower。

他為了阻止黑暗星雲逃出「末次冰期」而潛到極近距離，取消眾人的心念之後，自己也死在「白色結局」的攻擊下一起陪葬。

Fairy的心念威力確實可怕，但更令人毛骨悚然的是，白之團這種不惜犧牲自己人……不惜犧牲軍團實質上第二把交椅也勢在必得的決心。他們是說什麼也要一再殺死黑暗星雲的主力團員，逼得這些人永遠退出加速世界。

「……大家……！」

千百合把臉埋在春雪胸口，說得聲淚俱下。春雪想找些話來回應驚險救出的兒時玩伴，但找到該說的話之前，就再度聽到梅丹佐發出警告。

「僕人，有追兵！」

「咦……」

他一邊飛行，一邊回頭看去，看見確實有個黑影，沿著各棟大樓的屋頂跳動，用幾乎與春雪沒有兩樣的速度追來。這敏捷力確實不得了，但距離JR品川車站已經不到五百公尺。只要就這麼繼續飛，衝進傳送門，就得以迴避當下的危機。

因為只要春雪與千百合在那輛開在現實世界明治大道上的公車內醒來，把神經連結裝置從楓子他們身上扯下，眾人的虛擬角色就會從無限制中立空間消失，也就可以逃過無限PK的威脅。

而震盪宇宙也就是知道這點，才會想一個都不漏地全部逮住，並派追兵來追逃脫的春雪。

但春雪不能被逮到。他絕對要去到傳送門，拯救大家。

「唔喔喔……！」

春雪以不惜用盡剩下所有必殺技計量表的覺悟，提升了翅膀的振動頻率。

去路上有著在二〇二〇年都市重劃時所蓋的品川車站超高樓層混合設施，有如黑影般地聳立。傳送門應該就位於一樓大廳進門後不遠處。由於還拖著Lime Bell，達不到原本的最高速，但照這個步調，應該能夠保持與追兵的距離，一路抵達終點。

春雪懷著這樣的確信，為了飛完剩下的三百公尺，正要將速度再拉升一階段。

然而……

「Crow……你看那個！」

又是梅丹佐出聲，而且還是比先前更緊繃的喊聲，貫穿了春雪的聽覺。

緊接著春雪也注意到了。車站大樓前方的圓環上，盤據著一個有著有機曲線的巨大黑影。影子似乎察覺到春雪等人接近，沉重地蠢動起來。好幾個頭從圓滾滾的軀幹往上伸長，無數眼睛發出紅光。這幾乎有十公尺的大小，肯定是巨獸（Beast）級以上的公敵。

「那是『九頭龍（Hydra）』類型的高階Being！不是現在的你們打得贏的對手！」

換成是平常，無論是什麼樣的強敵，梅丹佐都會要他奮勇上前，現在卻以劇烈的語氣制止春雪。然而，不突破那個公敵的攻性化區域（Aggro），就抵達不了品川車站的傳送門。

「該死……為什麼……！」

為什麼好死不死，偏偏在這種關鍵時刻，會有高階公敵占據傳送門前的地盤？春雪先咬牙想著這樣的念頭，然後才尖銳地深吸一口氣。

這不可能是巧合。

是白之團用了某種手段，把那個公敵引導到傳送門前，固定留在那裡。目的是阻止黑暗星雲的團員從無限制空間逃脫。沒錯——就像當初他們把神獸級公敵「大天使梅丹佐」，從芝公園地下迷宮，移到東京中城大樓一樣。

仔細注視，就發現公敵正中央的一個頭上，嵌著有尖刺的銀色寶冠。肯定就和先前拘束梅丹佐的銀環一樣。

「竟然，做到這個地步……！」

春雪低聲驚呼，只好張開翅膀減速。除了品川車站以外，附近還有別的傳送門，但照這樣子看來，多半所有傳送門都布署了高階公敵。必殺技計量表也已經所剩無幾，他非得先下到地面，重新充填不可。

春雪朝後方一瞥，然後在距離品川車站有一段距離的大型旅館屋頂著地。想來追兵尚未追到，但怎麼想都不覺得對方有辦法攀爬沒有地方可以落手的鋼鐵牆壁。他把抱在懷裡的Lime Bell放到地上站好，小聲問起：

「小百，妳還好嗎……？」

「嗯……我是還好，因為我都沒受傷。」

千百合答得堅強，但立刻垂下了頭。

「……可是……大家……大家都……」

「…………」

春雪默默把手放到千百合背上。即使隔著對戰虛擬角色堅硬的裝甲，仍然感受得到她在頻頻顫抖。

春雪受到的震撼也是一樣重大。雖說被對方施加了三重的心念，但黑暗星雲與日珥的幹部們竟然會被一口氣殲滅，讓他怎麼想都只覺得是惡夢。

但他不能在這裡停下腳步。他們十四人將會在一個小時後復活，到時候恐怕又會再度遭對方以重合心念攻勢瞬殺。楓子等高等級玩家，點數多半比較充足，但Ash Roller等人和Chocolat Puppeteer等人就未必如此。他必須分秒必爭地回到現實世界的公車上，拔掉所有人的神經連結裝置才行。

「……梅丹佐，第二近的傳送門在……？」

春雪一邊抱住千百合，一邊以沙啞的嗓音問起，立體圖示就移動到春雪面前，用一邊翅膀指向西南方。

「往那個方向，大約一公里。」

春雪趕緊在腦海中描繪出港區戰區的地圖，和現實世界中的地標重合。

「五反田車站嗎……」

「可是僕人，多半……」

春雪推測出梅丹佐想說的話，說出了先前的念頭。

「嗯，那裡說不定也已布署了其他高階的公敵……也許應該乾脆往最遠的傳送門走……」

「如果是在Highest Level，就能夠查看傳送門周圍是否有公敵，但那個叫Snow Fairy的再度無視距離跑來攪局的可能性很高。要是我和你的連線被切斷，狀況會更加惡化。」

梅丹佐所言不虛。現階段，春雪等人相較於震盪宇宙方面，唯一的優勢就是大天使梅丹佐的存在。即使白之團再怎麼神通廣大，相信也不是那麼容易得到「四聖」級公敵的全面協助。不僅戰略上萬萬不能失去這項優勢，而且若是無法再和梅丹佐交流，心情上他也承受不了。

也就是說，至少在這個戰場上，從Highest Level偵察這個手段實質上已經被封死。

「……等必殺技計量表重新集夠，就往南一路飛到川崎吧。相信總不會出了東京都還有布署公敵……應該吧。」

春雪這話有一半是說給自己聽，接著把手從千百合背上拿開，環顧四周。

旅館屋頂空蕩蕩的，但外圍並排著著許多疑似現實世界中通風管線與太陽能板的裝飾物件。只要破壞這些物件，相信應該多少可以恢復必殺技計量表。

「等我一下喔。」

春雪對千百合說了一聲，然後就要走向最靠近的物件。

然而……

一瞬間，左肩的梅丹佐迸出尖銳的光，春雪察覺到這是警告，不及細想，就握住了左腰間的劍——強化外裝「輝明劍」。

視野右端再度閃出小小的光。等春雪感覺到是有東西反射出漸漸染紅東方天空的破曉陽光，已經拔劍由下往上揮出。

從Lime Bell的尖帽上掠過的劍刃，發出鏗一聲尖銳的聲響。被春雪拔劍擊飛而穿刺在屋頂的，是前端尖銳的六角斷面金屬棒——也就是所謂的棒形手裡劍。鋼鐵的表層有令人不舒服的色澤，想來是淬了毒。

「什麼人！」

春雪把千百合護在身後，同時朝屋頂北側呼喝。但這個問題的答案有一半以上是不問自明。肯定就是從泉岳寺追蹤他們兩人而來的震盪宇宙團員。

果然有個人影從通風管道後透了出來。這人有著除了鏡頭眼已經全部遮住的面罩，以及帶點日式風格的薄型裝甲。上臂與頸子部位微微露出的虛擬人體，也披著像是用纜線編成的貼身裝束。

不用看那略帶青色的深灰色裝甲顏色，這個追兵的造型主題也非常明顯。這時在春雪背後……

「忍者……？」

千百合輕聲說道。

忍者型對春雪的喝問與千百合的喃喃自語都完全不做反應，右手伸進懷裡。拔出來的手指上夾著兩根棒形手裡劍，與插在屋頂上的同款。

魔都屬性下，大部分的建築物都無法進入，所以藍衣忍者多半是從這幾乎沒有地方可以落手的牆面，爬了幾十公尺上來。即使單看這個事實，都可以確定這個對手不容輕忽，但春雪不能在這裡被打倒。絕對不能。

「小春，我不要緊，我自己能保護自己。」

千百合再次輕聲說話，往後跳開一大步，擺出架式警戒。春雪默默點頭回應，將劍舉到身體正前方。

這把他以選擇6級升級獎勵方式取得的輝明劍，今天才是第一次在實戰中使用。坦白說，比起以往靠拳打腳踢為主的戰法，用起來是壓倒性地不習慣，但有劍這回事本身就有著重大的意義。

忍者虛擬角色看他舉起白銀長劍相向，這次改將左手繞到背後。從佩掛在背後的黑漆刀鞘，抽出一把略短的刀。這刀單刃而沒有弧度，是所謂的忍刀。

忍者右手夾住兩柄手裡劍，左手握住短刀，似乎對身處以一敵二的狀況絲毫不覺得有壓力，說動就動。他往前踏上三步——

隨即消失。

不，是以快得令人興嘆的速度往右跳開。春雪勉強以眼角餘光捕捉住一小塊藍色的殘像，自己也跳向反方向，尋找敵人的身影。

找不到。屋頂正中央完全不存在任何可供藏身的物件，整片寬廣的空間卻空無一人。忍者跳出春雪視野只有不到一眨眼的時間，照理說應該沒有時間離開屋頂。

就在他停下動作的這一瞬間——

「僕人，下面！」

梅丹佐的這個思念化為電光，直貫腦門。但腳下鋪著魔都空間所創造出來的鋼鐵地板，只見一道蓋在東邊稍遠處的高樓影子延伸過來——

「……！」

忍者從這道影子裡發出細微的水聲出現，忍刀朝春雪的右腳踝橫向一劃。

要是春雪將輝明劍插往正下方的動作晚了零點一秒，相信腳掌已經被切斷。刀身驚險地格擋住這一斬，碰出火花，劇烈彎折。春雪卯足全力才握住了劍，無法轉守為攻，但忍者則不抗拒這股反作用力，從影子裡穿出，再度拉開了距離。

「…………」

春雪拔出微微陷進鋼鐵地板的劍尖，用並未受傷的右腳仔細踏了踏影子。但腳上只傳來無與倫比的堅硬，腳掌並沒有下沉的跡象。

也就是說，剛才所看到的現象，是忍者虛擬角色的必殺技，再不然就是特殊能力。相信這人爬著旅館的牆面上來時，肯定也用了這種能力。而春雪已經看過同樣的招式。

春雪直視著始終沉默的忍者，低聲開口：

「剛剛那一下，是Black Vise的招式吧？」

這時藍衣忍者總算有了反應。他將暗色系的鏡頭眼瞇得只剩一條線，發出寒冬冷風似的沙啞嗓音。

「正是，此乃師尊所傳授的密技『潛影（Shadow Lurker）』。」

「也就是說……你是承認了？承認加速研究社的Black Vise，就是震盪宇宙的團員！」

春雪自認一口氣深入了核心，但忍者毫無動搖的跡象，若無其事地回答：

「知道了也是白搭。因為兩位注定要在此地點數全失。」

藍黑色的鏡頭眼，一瞬間亮出冰霜般冰冷的光。

黑雪公主的備忘錄上，並沒有忍者型對戰虛擬角色的情報。也就是說，至少這人並非白之團幹部七矮星當中的人，但即使這個忍者真是Glacier Behemoth或Snow Fairy級的強者，春雪也不能在這個節骨眼上打輸。

楓子與謠等人不惜犧牲自己，讓春雪與千百合逃脫。哪怕附近的傳送門全都被堵死，他也非得回到現實世界，把大家從死亡圈套中救出來。

春雪全身決心高漲，重新牢牢握住愛劍。忍者也呼應他的動作，無聲無息地舉起左手的短刀。

春雪思考拿劍的優勢何在。在於增加自己的選擇，同時限縮對方的選擇。

在現實世界中，由於槍械的發達，讓人們不再將刀劍用於實戰，刀劍也就逐漸轉變為象徵性、裝飾性的用品，但在加速世界則不在此限。

從紅色系的遠程攻擊型虛擬角色與藍色系的接近攻擊型虛擬角色可以打得平分秋色這一點，也看得出對戰虛擬角色所持有的劍，有時能夠發揮超越在槍械之上的性能。而能夠實現這一點，就是靠著超頻連線者的超反應能力。就像先前春雪擊落飛來的淬毒手裡劍，對於一些赤手空拳時只能選擇閃躲的攻擊，手中有劍就能夠格擋。只要下苦功鑽研用劍防禦的本事，甚至有辦法因應大砲或飛彈的攻擊。

忍者呼應春雪舉劍的動作，跟著拔出了短刀。他的右手仍然持有兩柄手裡劍，但這樣一來，就表示他無法以左手投擲了。

——看我直接跟你弄成貼身近戰，把潛影也給封住。如果是比速度，就算對上忍者我也不會輸！

春雪暗自鼓舞完自己，毫不改變姿勢，把剩下的少許必殺技計量表全部用掉，振動背上的翅膀。他從毫無預備動作的全力衝刺，犀利地揮劍直劈——但這只是假動作，緊接著就踢出一記左腳中段踢。

奇襲只成功一半，忍者用右肘格擋了春雪的這一腳。看來對方果然只有最低限度的裝甲強度，雖然看不見對方的體力計量表，但感覺得出損傷已經一路透進裝甲內部的虛擬人體。

左腳還在騰空，春雪就使用剛才這一踢所賺到的必殺技計量表，使出右旋踢。忍者用左肘把這一腳也擋了下來，但接連受到春雪獨門的空中連段攻擊（Aerial Combo），相信雙手總會有一瞬間發麻。

春雪再度以翅膀進行短距離推進……

「喝！」

這次在一聲喊中，真的揮劍下劈。

間距足夠，輝明劍的刀刃確實捕捉到了忍者的體幹——本應如此，然而……

「忍！」

忍者發出忍者風格的喊聲，不是退開，反而踏上一步，用額頭去接劍。

頭巾狀的頭部裝甲輕而易舉地碎裂，但底下一塊綁在虛擬人體額頭上的金屬護額擋住了這一劍，再度激盪出劇烈的火花。

「嗚啊……」

從空中使出渾身解數的一劍，被對方以意想不到的方式防禦住，讓春雪失去了平衡。緊接著……

「斷！」

忍者低喊一聲，左手刀一閃。

春雪拚命讓翅膀往後推進，但忍刀溜進春雪右下臂與手背的裝甲縫隙，割開了虛擬人體。所幸這一刀刀傷較淺，體力計量表減少的幅度在五％以下，但若再深個幾公分，右手現在已經廢了。

春雪好不容易成功拉開距離，忍著右手的疼痛重新握好劍。相對的忍者也默默反手握好忍刀。

無論是從影子裡奇襲時也好，剛才的一刀也罷，對方徹底瞄準手腳末端……也就是試圖造成部位缺損傷害，這種作風令人毛骨悚然。其中完全感受不到試圖享受對戰樂趣的意思。

但在這個狀況下，會這樣或許也是理所當然。震盪宇宙方面是想逼得黑暗星雲所有人點數全失，這已經完完全全是一場斷殺。

「…………」

春雪本想至少問問對方的名字，但總覺得對方絕對不會回答，於是閉上了正要張開的嘴，將全副心力集中在輝明劍的劍尖。

劍名中的「Lucid」是有著「明亮」、「光芒」意思的形容詞，據說語源來自拉丁語的「光」。而這把劍就如這個名稱所示，蘊含了一種特殊能力。要發動這項能力，就必須以正常狀態進行戰鬥，將「衝擊能量計量表」累積到一定程度以上，但他先前與Behemoth那場激戰，就已經達成了這個條件。

「……『變換（Conversion）』。」

輝明劍對春雪的語音指令有了反應，銀色的劍刃隨著嗡的一聲振動聲響，從最根本處籠罩在純白的光芒中。這不是單純在發光，而是金屬刀身本身被置換成了所謂的能量刀刃。

在這個狀態下，刀身幾乎會失去所有質量，因而變得無法格擋或撥回固體武器或子彈。相對的，劍刃的超高熱幾乎能夠熔解任何物質，但若是優先度足以承受這種高熱的武器，就會穿透高熱刀刃。而忍者的刀，多半已經達到這個領域。

但春雪仍特意「變換」輝明劍，理由就在於劍所發出的強烈光芒。

能量刀刃極為耀眼，讓忍者一瞬間瞇起鏡頭眼，接著朝腳下一瞥。

相信他注意到了自己腳下正被漸趨明亮的曙光照出的一道新的影子，已經被劍所發出的光照得不見蹤影。當然兩人身後仍然有著黑影，但若忍者的「潛影」是和Black Vise相同的能力，應該就無法鑽進自己的影子裡。

相對的，春雪也在剛剛那一下全力後跳中，用完了必殺技計量表。接下來純粹是技藝與技藝的比拚。

儘管內心坐立難安，春雪仍用思念對相信他而默默觀看的千百合與梅丹佐說：「不用怕，我一定會贏！」，將光劍舉在正統的中段架式。

同時忍者將反手握持的短刀斜舉在身前。他右手仍然握著兩柄棒形手裡劍，但在鬥劍的間距，應該無法投擲。等下次上前劈砍，就要維持貼身狀態，一路壓著對方打到結束為止。

春雪將決心蓄在丹田，正要踢向鋼鐵地面的這一剎那間……

忍者全身又轉為一團朦朧的灰色人影。但面對對方再次施展的超高速移動，這次春雪也並未忽略對方重心的細微變化。

——左邊！

他尚未看清楚對方的身影，就依照直覺，以左手揮出水平斬。

嗡一聲呼嘯聲中，光劍的劍尖捕捉到了朦朧的人影。薄弱的裝甲發出泛青色的白光，忍者的身影又再度糊成流線。

——上面……不對，是下面！

春雪一口氣喘不過來，但仍將本要朝向上空的意識拉回來，舉著光劍就要往正下方砸去。

然而就像一隻大蜘蛛一樣貼在地上的忍者比他快了一瞬間，將短刀劃向春雪的右腳腳踝。

只要跳起來就能躲開。但既然不能動用翅膀，一旦飛上空中，就會無法應付下一招。那就還不如——

「這樣——！」

春雪大喊一聲，用右腳猛力踢開了忍刀。

鏘一聲刺耳的金屬聲響爆出，噴出了大量橘色火花與深紅色的粒子。

刀從忍者手上分開，滾到遠處的地上，但同時春雪的右腳也在腳踝的位置遭到切斷，火花放電似的疼痛直衝腦門，但春雪忍住疼痛，左手光劍下劈。

由於這一劍是從不自然的姿勢揮出，無法用上體重，但以光劍施加的攻擊不需要重量。忍者在地上打滾想躲開，而能量刀刃接觸到他的左肩，在一聲雷鳴般的衝擊聲響中，將他的手臂整條熔斷。

——還差……一劍！

春雪用被切斷的右腳踏穩地板，再度的劇痛讓他差點視野全白，但他咬緊牙關，舉起了光劍。接著動用造成與受到重大損傷而重新充填的必殺技計量表，全力進行推進衝刺。

發出強烈光芒的光劍，不斷被吸向正要起身的敵人肩膀。只要就這樣一劍劈下去，忍者虛擬角色應該會當場被一刀兩斷。劍刃尖端接觸到藍灰色的裝甲，瞬間讓裝甲熔解——

就在這時，春雪全身硬生生當場定住。

「…………！」

他震驚得睜大雙眼，別說活動身體，連聲音都發不出來。感覺就像被一種類似透明塑膠之類的物質完全封住。他碰到地板的只有左腳腳尖，整個身體已經前傾到極限，卻並未往前倒下，不自然地靜止不動。

寂靜之中，輝明劍的衝擊能量計量表歸零，刀身變回了原來的金屬。

忍者從只差一步就要切斷他左肩的劍下溜出，站起。到了這個時候，春雪才總算發現自己不知不覺間，兩柄棒形手裡劍已經從忍者的右手消失。

是在戰鬥中擲出去了？但春雪的對戰虛擬角色身上，哪兒都沒插著手裡劍，而且如果單純只是麻痺也還罷了，根本不可能有哪種毒素，會引發現在這種奇怪的定格現象。

春雪把勉強能夠活動的鏡頭眼往左轉動到極限，看見千百合也同樣被定在屋頂邊緣。

她的右手往前伸，像是要警告春雪有危險。她的腳下則延伸出一條朝陽照出的長長影子。

就在影子的最前端，尖帽型輪廓的正中央。

靜悄悄地差著一根黑而細長的金屬——忍者的棒形手裡劍。

儘管覺得太離譜，但春雪仍然順著千百合所指之處，也就是自己的影子看去。果然就在

Silver Crow那背上延伸出翅膀的影子頭部，也插著同樣的手裡劍。

就在春雪注意到這點的同時，梅丹佐的思念在腦海中迴盪。

「僕人，這是對Mean Level的直接干涉……是『心念系統』的力量！」

「心……心念……？」

——可是，完全都沒聽到對方喊出招式名稱！

春雪正要反駁，這才發現到另一件事。發現插在春雪影子頭部的棒形手裡劍，籠罩在非常細微的灰色搖曳光芒之中。那肯定是心念的過剩光。

喊出招式名稱，固然是發動心念時很重要的啟動助力，但不同於必殺技，系統並未硬性規定非喊不可。相信這個忍者一定花了很長一段時間訓練，練到不喊出名稱，也能夠發動心念。不只是如此，他在戰鬥中，將兩柄手裡劍擲向正上方，精準地落到春雪與千百合的影子頭部。這份功力也同樣非同小可。

定格在左手舉劍動作的春雪耳中，聽見忍者虛擬角色沙啞的嗓音。

「——祕奧義『縛影（Shadow Tier）』。」

忍者事到如今才告知招式名稱，接著以讓人完全看不出左手遭到熔斷之劇痛的動作，撿起掉在地上的短刀，反手舉起。

「納命來！」

忍者低聲宣告完，就在鋼鐵地板上以滑行般的動作拉近距離。這神速而必殺的一刀，劃向春雪的頸子。

一旦春雪這時戰死，相信忍者會把千百合的首級也砍下來。他就是打算不斷反覆這個過程，打得他們兩人失去所有點數。

春雪說什麼也不能讓他如願。

春雪懷著一線希望，讓想像集中在背上的翅膀。既然對方是以心念定身，也就有可能靠心念突破。由於發不出聲音，也就無法喊出招式名稱，但他仍然非做不可。

春雪不知不覺間連右腳的疼痛也忘了，凝聚了所有的思念。

——光速…………

但他未能發動心念。

同時忍者也未能砍下春雪的頭。

「『爆斬波（Blast Wave）』！」

清冽的喊聲中，一道衝擊波……不，是彎月般的「斬擊波」，以驚人的速度飛向忍者。

忍者虛擬角色展現出過人的反應速度用短刀防禦，但在劇烈的金屬聲響中，被震退了足足

十公尺以上。緊接著，有個人影無聲無息地在春雪與忍者之間著地。

只聽嗓音，春雪就早已聽出來人是誰。

一身發出藍寶石般深青色光芒的裝甲，有著古代貴人服飾的造型。頭髮部位款式像是成人禮前的年輕武士髮型，搭配發出清涼水藍色光芒的鏡頭眼。而他的右手上，握著一把微微偏細但有著壓倒性存在感的直刃刀。

Trilead Tetraoxide。

這位在這場領土戰爭即將開打之際，才剛加入黑暗星雲的年輕武士，朝春雪瞥了一眼後，點了點頭，像是在說這裡就交給他處理。他隨即看向前方，雙手重新握好刀——七神器(Seven Arcs)之一的「The Infinity」。

先前他們對Trilead所下的指示，是要他在開戰前，都先在後方待命。想來是在待命時，留意到了飛在天上的春雪與追來的忍者，這才追了過來。他應該沒有鑽進影子之類的特殊移動能力，光是要爬上旅館屋頂，對他而言應該就已經是一次賭命的大挑戰。但Trilead就是爬了上來。就為了拯救春雪他們。

……………Lead……

春雪在無法動彈的嘴裡，拚命呼喚朋友的名字。已經在禁城內見過他的梅丹佐，也發出了鬆了口氣似的思念。

「這可得救了呢，僕人。」

「嗯……可是……」

春雪心中透出懸念，但並未化為思念送出就收住。

Lead一定會贏。他是「矛盾存在(Anomaly)」唯一的「下輩」，更有著夠格佩用神器的卓越劍技，憑他的本事，相信一定會贏。

春雪仍被忍者的心念困住，心中一心一意地念著這個念頭。

深藍色忍者與寶石藍武士，默默對峙良久。無論是泛黑鋼鐵色的忍刀，還是有如冰霜般泛青色的直刀，刀尖都指向對手，沒有絲毫顫動。

寂靜中，只見巨大的朝陽一點一點地升起，已經從蓋在旅館東邊的大樓群上面露出了一半以上，射穿魔都空間厚實的雲層，送來血紅色的破曉晨光。

忍者站在西側，Lead站在東側，所以Lead的影子已經延伸到敵人腳下不遠處。一旦影子裡的頭部被釘上手裡劍，Lead也會無法動彈，所以春雪想出聲警告，但還是發不出聲音。

「僕人，你應該不用擔心。」

梅丹佐彷彿讀了春雪的心思——不，也許真的讀了——送來了思念。

「Trilead Tetraoxide對於插在你影子上的短劍，還有你無法動彈的理由，應該都已經注意到。」

「嗯……還有那種短劍叫作『手裡劍』。」

「哦？我會記住。」

想來並不是聽見梅丹佐的這些思念——

但Trilead有那麼一瞬間，將視線落到釘在春雪影子上的手裡劍。

這一剎那間，忍者有了動作。他握住忍刀的右手快如電閃地一動，用指尖從懷裡抽出第三根棒形手裡劍，只用手腕一甩，就擲向Lead延伸在地上的影子。

鏘一聲硬質的聲響響起，銳利的刀刃咬進了鋼鐵地板。

但就在前一瞬間，Lead以若非早有預測就不可能做到的反應速度脖子一擺，讓自己的影子躲過了手裡劍，隨即蹬地而起……

「喝啊啊啊——！」

清厲的呼喝聲中，揮出一記右斜斬。

這一刀快得無與倫比，連習慣了高速戰鬥的春雪，都無法看得清楚。The Infinity的重量媲美雙手持的大劍，放眼整個加速世界，也沒有幾個人能以那麼快的速度揮動。

然而……

這使出渾身解數的一刀，只劈開了忍者在空中流過的黑色殘像。

神器掀起的劍風，撼動了厚實的鋼鐵地板。Lead將沉重的刀一揮到底，為了卸開龐大的慣性，雙膝與腰用力一沉。

忍者並未放過這小小的破綻。

「斬！」

忍者避開了Lead的斬擊，身影交錯之際短刀一閃。年輕武士的右肘先是濺出紅色的損傷特效，接著噴出深藍色的碎片。

Trilead重新站穩腳步，強而有力地轉身之際，試圖以水平斬反擊，但這時忍者已經再度拉開了距離。

對Lead來說，幸運的是他肘關節部位的裝甲形狀十分複雜，連企圖造成部位缺損傷害的忍者，似乎也沒能完全捕捉到裝甲的縫隙。Lead勉強避免了右手遭到切斷的情形，但忍刀刀尖應該已經砍進了虛擬人體，相信他現在正受到強烈的痛楚。春雪先前否定的懸念，也在心中再度透了出來。

Trilead Tetraoxide一直待在禁城內，這對他而言，恐怕就是第一次「不是訓練的對人戰」。而且不是正規對戰，是在無限制中立空間，進行連心念都動用的相互廝殺。

當然Lead想必已經在加速世界最強劍士之一的Graphite Edge手下，長年來進行了嚴格的訓練。他能將春雪連拿起都覺得沉重的神器The Infinity駕馭自如，這份功力無疑已經達到高手的境界。

但在不擇手段的實戰中，只靠功力是贏不了的。

還必須有著騙過敵人，隱藏自己本領，把周遭一切都拿來利用的老練。而這個善於利用影子的忍者奉加速研究社副社長Black Vise為師尊，從這點也看得出他肯定是纏字訣的高手。

要和這樣的敵人作戰，Trilead的劍未免太美，太乾脆——也太老實了。

Lead右肘滴落著深紅色的光彩，再度將劍舉在身體正中線上。

忍者護額下一雙有著昏暗顏色的鏡頭眼，發出冰冷的光芒。

——不行啊Lead，無論你的刀多快，一讓這個忍者看到預備動作，就砍不到他啊！

春雪拚命送出思念，但Lead自然不可能聽見。

年輕武士應該也已經切身感受到忍者虛擬角色驚人的速度。但他絲毫不顯得畏懼，這次也從正面硬攻。只見他跨上一大步，舉起了刀——

「呀啊啊啊——！」

這一記壯烈的上段斬，幾乎連空間中的空氣都要斬斷。明明不是必殺技，卻在空中激出藍白色火花，連被強制定格的春雪，身體都被震得顫動。

要是能夠命中，這一刀直接砍掉整條體力計量表都不稀奇。

但春雪的擔憂，這次仍然成了現實。

「忍！」

忍者發一聲喊，身影嗡的一聲轉為模糊。他以神速的跨步躲過了這必殺的一刀，緊接著白刃一閃，反斬回去。

極細的劍光一亮，Lead的右頸隨著這道光，噴出了大量的損傷特效。

這次忍者不再攻擊四肢，是想以斬首方式一刀斃命。春雪全身被雙重的壓力定住，視線凝視之處，只見Lead的身體一晃，但勉強踏住了腳步。等虛擬的血花消散，露出了一道長約五公分左右的傷口。

Lead的頸子並未被完全切斷的理由，多半是因為這一記上段斬是不折不扣的卯足了全力——換句話說就是因為這一刀奮不顧身，讓忍者直覺感到即使只是刀風輕輕掃過都不會沒事，閃避的腳步跨得大了些。

只是話說回來，狀況完全沒有好轉。下次忍者一定會以恰到好處的間距躲過攻擊。一旦同一個部位被砍上更深的一刀，下次真的會受到致命的傷害。

——Lead……！

春雪再度試圖集中想像，想勉力突破忍者的心念束縛。然而梅丹佐的聲音立刻在腦海中響起。

「僕人，你要相信Trilead。」

「……可是……！」

「教會我資訊連結……不，是『情誼』是多麼有力量的，就是你啊，Crow。」

聽到這句話，春雪驚覺地瞪大眼睛。

轉動視線一看，在屋頂南側同樣被心念定住的千百合，正以一雙大大的鏡頭眼，直直回望著他。她的眼神中有著不安與焦躁，但並沒有絕望，她也相信。相信Lead會打破這個困境。

「……妳說得對。」

春雪回答完，重新集中精神。為的不是靠自己的心念強行突破忍者的「縛影」，而是要讓自己在忍者中了Lead的刀而失去專注力，心念被取消的瞬間，能夠立刻有所行動。

儘管右肘與頸子都受到重創，Trilead仍然第三度將刀舉在中段。

獨臂忍者也以右手反手握持短刀。他的站姿中沒有用上一絲一毫多餘的力氣，卻在在令人感受到一種下次一定要砍下敵人首級的冰冷殺意。

Lead深深吸一口氣，緩緩舉起雙手握住的神器，移動到上段。

忍者也呼應他的動作，微微壓低重心。

空氣沒有極限似的愈來愈緊繃。彷彿環境呼應起他們的鬥氣，突然間雲層上湧，遮住了幾乎已經完全升起的朝陽。

Lead以彷彿要把逼近的昏暗推回去似的音量，發出呼喝。

「哈啊啊啊啊————！」

從幾乎踏破屋頂鋼板的跨步，揮出一刀轟雷般的上段斬。

這無疑是春雪至今所見過的所有普通攻擊之中，有著最頂級威力的一擊。他感覺到這一刀的威力，超越了「絕對切斷(World End)」Black Lotus與「矛盾存在」Graphite Edge的斬擊。

然而——刀路終究太老實了。

忍者的身影又消融為流線。他這次也以快得嚇人的腳步往左閃避。大刀劈開了藍黑色的殘像，並未在空中停下，就這麼順勢砸在地板上。

這聲巨響足以讓人確信若是對戰虛擬角色有耳膜，肯定已經當場震破。巨響過去，上段斬的威力毫無遺漏地被鋼鐵地板吸收。這一刀深深劈開了魔都空間中堅固至極的建築物，神器才終於停下。

必殺的忍刀，逼向了無法動彈的Lead頸部。

但就在同時……

The Infinity劈出的裂痕直線延伸——吞沒了插在春雪影子上的小小一根棒形手裡劍。

這不可能是巧合。

Lead從一開始就想製造這個狀況。他死心眼似的反覆使出縱向斬，過程中不斷挨到痛烈的反擊，一步步移動到這個位置，才終於能夠攻擊綁住春雪的這根棒形手裡劍。如果Lead明目張膽地把注意力放到手裡劍上，忍者多半會以砍下春雪的首級為優先。他為了不讓這種情形發生，不惜犧牲自己，創造出了剎那間的機會——

那麼自己就非得報答不可。

手裡劍被裂痕吞沒，身上的束縛解開的瞬間，春雪已經半出於本能地有了行動。

他將握在右手上的輝明劍，刺向眼看就要砍下Lead首級的忍者背部。距離約有七公尺，無論如何伸長手臂都刺不到。

然而——

春雪將被束縛時拚命精鍊起來的光之想像，從右手傳到劍上，大喊：

「——『雷射長槍（Laser Lance）』！」

純白的光從劍尖激射而出。

這道光，比以前春雪空手發動的「雷射長槍」明顯更細，更鋒利，也更快。

忍者躲過Lead的上段斬，踏上一步，忍刀一閃，這一連串動作所花的時間，應該不到一秒。

但從輝明劍發射出來的心念長槍，搶在忍者必殺的刀刃割開Lead頸子之前，刺穿了忍者的背部。

對戰虛擬角色沒有血肉，但仍然存在要害，例如若是頭被砍下，幾乎所有虛擬角色都會當場死亡。次一級的要害是胸部正中央的心臟位置，要是這裡開出大洞，除了非常高等級的耐久型角色以外，沒有不會當場死亡的。

忍者被春雪的心念貫穿心臟，斬擊的軌道也因此偏開，只淺淺劃破了Lead的頸子。忍刀揮到底而停在高處，春雪預測他會就這麼四散爆碎。

然而——

「——忍！」

忍者以截至目前為止最大的音量大喊一聲，儘管胸口大洞噴出大量的特效，仍迅速扭轉上身，想將反手握持的忍刀再度插上Lead的頸子。

但年輕武士快了他一瞬間，從地上的裂痕拔出了愛劍——

「——喝！」

他大喊一聲，將刀往右斜上方揮去。

雲層間再度射下朝陽，照亮了靜止不動的忍者與年輕武士。從春雪的位置，兩個人影幾乎只剩輪廓，其中一個無聲無息地從正中央一分而二，慢了一拍之後才滾落到地上——噴出藍黑色火焰爆碎四散。

Trilead慢慢起身，將刀收進左腰的刀鞘，春雪滿腦子只想奔向他，卻忘了右腳掌已經被切斷，失去平衡而倒了下去。

「啊喲！」

驚呼一聲的同時，從後扶住春雪的，是在忍者死亡的同時擺脫了心念束縛的千百合。

春雪靠著兒時玩伴的攙扶站起，大動作揮著手……

「Lea……」

正要叫出名字，但被左肩的立體圖示在腦袋上拍了一記，這才驚險地察覺不對。

忍者死亡的位置上，靜靜地留下了一個藍黑色的死亡標記。雖然春雪他們看不見，但那個地方應該存在著變成幽靈狀態的忍者虛擬角色。Lead的虛擬角色名稱「Trilead Tetraoxide」雖是假名，但即使如此，也沒有必要告訴敵人，更遑論讓敵人聽見談話。

Lead似乎猜到了春雪閉上嘴的理由，自己也默默走過來，微笑著輕輕一鞠躬。春雪點頭回應，轉身面向不斷靜靜旋轉的死亡標記，以嚴肅的嗓音說：

「如果我們有這個意思，要在這裡等上一個小時，等你復活的瞬間就用心念再次殺了你，或是把難搞的公敵拖過來，我們都辦得到……可是我們不這麼做，因為我們和加速研究社不一樣。」

他當然聽不到回答。即使死亡標記能夠談話，他也不覺得這個連自己的名字都不說的忍者虛擬角色會回答任何事情。春雪轉過身去，左右手分別伸向千百合與Lead。

他牢牢抓住靠近的兩人，確認必殺技計量表已經充填到將近八成後，張開背上的翅膀起飛。

他一邊攀升高度，一邊再朝旅館屋頂俯瞰了一眼。

忍者虛擬角色稱Black Vise為「師尊」。

不知道他是否知道？知道過去Vise曾經冷酷地對同為加速研究社同伴的Dusk Taker見死不救。知道對Vise而言，恐怕不只是Taker，Rust Jigsaw與Sulfur Pot，搞不好就連「四眼分析者（Quad Eyes Analyst）」Argon Array，都只是為達目的所需的棋子。

春雪將視線從應該佇立在無機質死亡標記附近的忍者身上撇開，飛向東南方。

3

「過去妳那邊啦，Lotus！」

黑之王Black Lotus／黑雪公主，聽著第二代紅之王Scarlet Rain／仁子的喊聲，將與雙手一體成形的劍刃分舉在前後。

踏得地動山搖衝來的，是巨獸級公敵「Grada」。這個分成許多節的軀幹上長出八隻短腳，全身裹在厚實甲殼中的模樣，就像是由微生物水熊蟲巨大化數萬倍而成。而Grata這個稱呼，聽說就是早期的超頻連線者從水熊蟲的學名中取出來的。

而這個公敵的耐打程度也不辱其名，灰色的甲殼上已經刻上無數個由仁子的手槍打出的彈孔，但想來應該沒有幾發貫穿進去。仁子的起始裝備「和平製造機（Peacemaker）」可以進行所謂的集氣射擊，平常她就誇下豪語說：「只要能集氣集個二十秒，要我在地上打個大洞都沒問題」，但遺憾的是這次沒有這樣的時間。畢竟她們只有兩個人，卻和平常要組成二十人左右的團隊來獵殺的巨獸級公敵對打。

「波咕咕咕咕！」

Grada型公敵發出悶聲吼叫衝了過來，而黑雪公主停下腳步迎擊。

從這場出乎意料的戰鬥開始，已經過了將近三分鐘。她們不能再奉陪下去了。

她從公敵頭上打出的幾十個彈孔中，看準了微微流出藍黑色液體的一個。要精確地捕捉到這個劇烈上下晃動，直徑卻不到三公分的彈孔，可說是難上加難，但她非做到不可。

「波咕——！」

巨大水熊蟲為了使出威力足以撞垮大樓的頭錘而低下頭的瞬間，黑雪公主刺出了右手劍。

能切斷萬物的「終結劍（Terminate Sword）」特殊能力，連Grada型的頭部裝甲都能刺穿，但即使劍刃插進個五公分十公分，也造成不了多少傷害。然而劍刃從仁子打穿的貫通彈孔再度刺進，一邊加大彈孔，一邊直沒入到超過手肘。

腦袋被刺穿將近一公尺，Grada卻仍不停下動作。牠將黑雪公主頂在頭上，開始更猛烈地奔跑。要是被牠就這麼一頭撞在後方的建築物上，就會被魔都空間下堅固的建築物與公敵巨大的身軀夾在中間壓扁，甚至可能當場死亡。

但黑雪公主早已料到會有這樣的情形。她一邊將右手埋得更深，一邊尖銳地呼喊：

「——『死亡穿刺（Death by Piercing）』！」

藍紫色的光從所有的貫通彈孔迸射而出。Black Lotus這有著長遠射程的5級必殺技，在Grada堅固的甲殼內無數次反射，將內部柔軟的組織撕扯得一塌糊塗。

裂痕像是要將無數彈孔串連起來似的竄過，就在有光從裂痕中竄出的下一瞬間……

巨獸級公敵噴出了直衝黎明天空的爆光，巨大的身軀四散。

黑雪公主沐浴在大量的粒子中落地，深深呼出一口氣，仁子朝她跑了過來。

「受不了……妳還是老樣子，就愛搞這種危險的把戲啊。剛剛那一下，要是弄錯一步，妳可就會被壓扁啦。」

「我是用手臂攻擊，所以應該是『弄錯一手』吧？」

「啊～是喔………是嗎？」

仁子歪頭納悶，黑雪公主用劍的側面把她的頭扶正。

「不對，這種事情不重要！重要的是……現在這個狀況，到底是怎麼回事……？」

黑雪公主說著，仰望天空。

理應絕對不會天亮的魔都空間夜空，開始從東方漸漸染紅。體力計量表也是只顯示自己的部分。而最重要的是，有公敵存在……這表示……

「──不管怎麼想，都是無限制中立空間啊……」

聽到仁子輕聲說出這句話，她總算點了頭。

黑雪公主與仁子，本來並不會參加進攻白之團「震盪宇宙」大本營所在地之港區第三戰區的作戰，而是負責回杉並戰區防守自軍領土。

她們下了倉崎楓子與有田春雪等人所搭乘的公車，移動到道路對面的公車站牌。但就在這時，黑雪公主透過後一班公車的車窗內，看見了一個不應該待在這裡的人。

若宮惠。梅鄉國中學生會書記，也是黑雪公主的好友。

黑雪公主多次想到她可能是「失去加速世界中記憶的前超頻連線者」，無論如何都不覺得只是巧合，於是決定搭下一班公車去追惠。她們在途中換搭計程車，甚至不惜動用禁忌的「SSS指令（Triple S Order）」城市，總算勉強趕在下午四點之前，越過了戰區界線，臨時參加了領土戰爭。

但她與仁子一起出現的地點，是在戰區最角落的彩虹大橋之上，為了和楓子等人會合，朝戰區中央跑了幾分鐘。結果就在這時，前方湧來一陣極光般的光之薄紗，籠罩住了黑雪公主與仁子。

同時地面劇烈搖動，等到搖動平息……眼前就有大型公敵實體化。她們又不能逃回彩虹大橋，不得已之下開打而打倒了公敵是好事，但至今她們還掌握不住狀況。

仁子把開始從台場方面升起的朝陽拉回來，眨著大大的鏡頭眼，再度開口：

「……假設這裡真的是無限制空間，問題就在這是BB系統出錯了，還是別的情形……是不是有人意圖引發的現象吧……」

「BRAIN BURST開始運作已經過了八年啊。我怎麼想都不覺得事到如今還會出這種天大的錯誤……想來多半是後者，只是……」

黑雪公主回答之餘，腦海中轉著一個想像。

是她參加畢業旅行而去到沖繩，在無限制中立空間和加速研究社的Sulfur Pot交手時的事。當時有個疑似就是若宮惠的對戰虛擬角色，突如其來地在戰場現身，使出了不得了的能力，人為引發了無限制空間的變遷，改變了空間屬性。

當然了，改變無限制空間的屬性，以及把領土戰爭空間變成無限制空間，這兩者的現象規模差異實在太大。然而，方向卻是一樣的……而惠也來到這個戰場的可能性很高。而且，多半是以震盪宇宙團員的身分。

也就是說，這驚人的轉移現象，是惠所引發的？

若是如此，這是出於她的意思，還是說……有別人……

「喂，Lotus。」

被仁子在腹部側面一頂，黑雪公主從沉思中醒來。

「嗯……噢，抱歉，現在不是沉思的時候了啊。」

「就是這麼回事。那種粉紅色的極光，似乎是從港區第三戰區正中央那一帶擴散開來的……這也就是說，不只是我們，Pard和Crow他們應該也被捲進來了……」

「而且，震盪宇宙的防守團隊多半也一樣啊。無限制空間裡，沒有人知道會發生什麼事。我們就照原訂計畫，往中央前進吧……Crow他們應該也在那裡。」

黑雪公主與仁子相視點頭，再度開始在無人的道路上奔跑——這次奔跑的同時還不忘留意公敵的聲息。

＊＊＊

Chocolat Puppeteer也就是奈胡志帆子，這次並非第一次死在無限制中立空間之中。才剛升上4級那陣子，她就曾經毫無準備獨自徘徊在還不習慣的無限制空間裡，結果和公敵碰了個正著。她當然試圖逃走，但被一發雷射打在背後，就這麼乾脆地當場死亡。當時她甚至做出了會被無限ＥＫ耗光點數的覺悟。

等待復活的一個小時裡，她左思右想，無可奈何之下，決定拿巧克人當誘餌來逃走，於是剛復活就立刻發動必殺技「可可湧泉（Cocoa Fountain）」。但本來應該會跑來攻擊她的公敵，卻莫名地對巧克力池起了興趣，連連嗅了嗅氣味之後，開始舔了起來，她也才得以趁機逃走。

這個小獸級（Lesser）公敵，正是熔岩色石榴石獸（Lava Carbuncle）「小克」，雖然花了很多時間，但如今他們已經成了好朋友。之後志帆子也不曾積極獵殺公敵，所以算來她死在無限制空間的經驗，就只有一開始的那次。

所以她一直不知道。不知道在加速世界裡和同伴一起死，是這麼難受、這麼懊惱，這麼寂寞的經驗。

志帆子進入幽靈狀態後，轉為黑白的視野內，有著包括自己在內多達十四個死亡標記，正在靜靜旋轉。聖實與結芽，以及其他黑暗星雲的團員，應該也同樣化為幽靈，待在這附近。

讓志帆子微微驚訝的，就是她即將死亡之際，看到Magenta Scissor——小田切累挺身想保護她。也許只是情急之下的行動，但她就是單純覺得高興。她很想道謝，但對累的幽靈是看不見也聽不到，也就沒辦法道謝。

密集的標記周圍，聳立著高聳而厚實的冰壁。創造出這堵冰壁的，是白之團幹部Glacier Behemoth的心念「末次冰期」。志帆子她們對於心念，還只聽過講解，知道心念的存在與發動邏輯，但一旦想像中斷，冰壁也會消失，這個道理她還知道。也就是說，Behemoth在殲滅了黑暗星雲的十四個人後，仍然繼續集中想像。

她在黑白的世界裡，移動到離標記極限距離的十公尺處。沒有實體的虛擬角色穿透冰壁之後，就看到Glacier Behemoth巨大的身軀，出現在一小段距離外。

這個要是不知情的人看了，肯定都會以為是公敵的冰龍型對戰虛擬角色疊起四肢，縮起身體，閉上了鏡頭眼。相信他是隔絕了知覺，只專心維持心念。

不只是他。站在Behemoth頭上，想來多半就是「七矮星」中排名第二的嬌小妖精型虛擬角色Snow Fairy，也同樣閉上眼睛，一動也不動。她也是在準備。為的是在過了一小時後，志帆子等人復活的瞬間，再度發動那可怕的瞬殺心念「白色結局」。

志帆子才剛升上5級不久，超頻點數所剩無幾。要是對方反覆進行這無限PK，相信她會在十四人中第一個耗盡點數。

她當然害怕點數全失。這也是進了黑暗星雲之後，才有人告訴她的知識。說是一旦超頻點數歸零，不但BRAIN BURST程式會被強制反安裝，與加速世界有關的記憶也會被完全刪除。也就是說，好不容易成了朋友的有田春雪與黑雪公主等人，甚至就連聖實與結芽，她都可能會忘記。

她絕對不要這樣。

但現在，在成了幽靈的志帆子心中想得最多的念頭卻不是恐懼，而是深深覺得「為什麼……」的不解。

她轉過身，走在無聲的世界中，回到自己的標記旁。

結果她看見了唯一一個在靠裡面的冰壁邊，遠離其他標記而轉動的第十五個死亡標記。那不是黑暗星雲的團員。是Snow Fairy的瞬殺攻擊即將捲到時，那個突然出現在冰壁內側，使出一種叫作「虛數時間」的心念，消滅黑暗星雲方面所有人的心念的，震盪宇宙麾下超頻連線者的標記。

他也被捲進「白色結局」當中而死。而相信接下來他也打算一直做著同樣的事情，直到黑暗星雲方面的大多數人點數全失為止。

為什麼……為何，要做到這個地步？

他們在加速世界中創造出「災禍之鎧」，讓「ＩＳＳ套件」蔓延，讓黑暗星雲潰滅，在這些舉動的盡頭，他們究竟想得到什麼？

無論志帆子如何站在灰色的世界中思考，才剛從長年把自己關住的小小盒子中出來的她，無從推測白之團與加速研究社的圖謀。可是，有一件事她敢斷定，那就是她不要就這麼輸掉。

點數全失固然也很可怕，但更根本的問題是，身為一個超頻連線者，她才不要挨打不還手。

不要死心，要思考能做什麼。相信現在聖實與結芽，還有楓子與謠她們，應該也正在做著一樣的事情。

志帆子將半透明的雙手牢牢舉到胸前，雙腳分開，威武地站定腳步後，一直瞪著眼前的冰壁。

＊＊＊

所幸黑雪公主與仁子並未遇到新的公敵，通過了芝浦島地區，從新幹線與山手線的高架鐵路下穿過，抵達了港區第三戰區中心所在的泉岳寺附近。

如果她們還處在領土戰爭空間之中，最重要地點「要塞據點」應該就會存在於泉岳寺的寺地內。但一路來到這裡的路上，連一個小型據點都並未看見，所以要塞想來也已經消失。

也就是說，已經沒有必要占領泉岳寺，所以雙方陣營的團員未必就會聚集在這裡。然而一看到去路上那神殿般的建築物屋頂，黑雪公主突然產生一種後頸微微發麻的感覺，忍不住停下了腳步。

身旁的仁子也同樣整個人突然站住。她右手放到腰間的手槍上，以低沉沙啞的嗓音說：

「……這資料壓是怎麼回事？有兩個……不，應該有三個『七矮星』級的傢伙在啊……」

「還不只這樣。照這感覺看來……有人正在施展心念。」

黑雪公主輕聲回答完，就瞪向低矮建築群後頭高高聳立的神殿。

由於混在背後照來的曙光之中而看不清楚，但泉岳寺的廣場上，有著淡藍色的光芒有如蜃景般搖曳上湧。那無疑是心念的過剩光。而且，不是楓子、晶或謠等人所發。

仁子似乎也想到了同一件事，更加壓低聲音說：

「用心念的多半是震盪宇宙方面的人吧……可是，以這情形來說，卻感覺不到Pard她們的鬥氣啊……」

黑雪公主也默默點頭。既然敵人動用了心念，那應該就表示正在和黑暗星雲戰鬥，但別說戰鬥的聲響與光影，連同伴們存在的跡象都完全感覺不出來。

黑雪公主強烈感受到不祥的預感，但仍右腳上前一步，說道：

「……從這裡看不出狀況。至少得移動到看得見廣場情形的地方才行。」

「也是。」

仁子簡短地回答完，迅速看了看四周，指向蓋在泉岳寺西側的一棟大樓。

「就爬上那棟大樓吧。牆壁光溜溜的，相信震盪宇宙那些傢伙也不會提防。」

魔都空間中的建築物，原則上都不可能入侵，要前往屋頂，就只能攀爬牆壁上去。若是有適度的凹凸可以落手，倒還爬得上去，但仁子選擇的大樓，外牆是滑溜的外露鋼板，若不是有Blood Leopard那種牆面移動能力，多半根本爬不上去。

「他們不提防是很好……可是我們要怎麼爬上去？」

聽黑雪公主這麼一問，第二代紅之王得意地一笑，莫名地把背轉過來朝向她。

「……妳搞什麼？」

「揹妳啦。趕快上來。」

啥——？

她好不容易才驚險地忍住這一聲大吼大叫。

「快點啦，還是妳要我抱妳？」

「…………」

黑雪公主只好小心翼翼地跨上這個遠比自己小型的對戰虛擬角色。仁子用小小的雙手，牢牢固定黑雪公主的雙腳，用力揹她站起。

「那，我要上啦……『焰膜現象（Pyro Planing）』。」

在最小音量的招式名稱喊聲中，紅色的火焰籠罩了仁子的雙腳。緊接著，開始以驚人的速度在道路上滑行。眼看聳立在前方鋼鐵大樓不斷逼近，要是以這個勢頭撞上去，她們兩人都不會沒事。

喂煞車，快煞車——黑雪公主差點就要這麼呼喊時，仁子高高跳起。

她讓雙腳接觸到大樓滑溜的牆面上之後，一路抵抗重力，往垂直方向滑行衝刺。短短幾秒鐘內，就爬完了高度怕不有二十公尺的牆，只在最後微微減速，輕巧地越過了直角的樓頂外圍矮牆。

仁子在屋頂上蹲下，黑雪公主彎腰從她背上下來。轉身往正下方一看，大樓牆上與地上的路面，留下了兩條發出紅光的軌跡。這些軌跡也迅速淡去消失。

想來是用腳上的火焰微微熔解地面，然後以溜冰似的方式在上面滑行，屬於加強移動力的第一階段心念。運作機制她是懂，但要垂直沿著牆壁衝上來，則是相當高度的「覆寫現象」。

「……剛剛那招，妳從以前就會？」

黑雪公主轉身一問，仁子就小聲回答：

「算是啦。雖然爬牆是最近才開始練習的。成功率只有六成，所以我們運氣不錯啊。」

「妳……………不，算了。」

黑雪公主輕輕搖頭，將意識拉回前方。

兩人都蹲著，所以還看不見泉岳寺的廣場。她們簡單交換個眼神，在大樓屋頂冰冷的鋼板上匍匐前進。

來到前方的圍牆邊，微微抬起頭一看，總算將泉岳寺的全景納入視野。

由於處在魔都空間，山門與講堂都化為異形的神殿，但正堂已經被破壞得粉碎，連影子都不剩。

山門與正堂間的廣場上，本來應該存在著要塞據點，但根本看不見。想來據點並不是遭到破壞，而是如同她們先前的猜測，是場地從領土戰爭空間轉移到無限制空間的影響。

相對的，寬廣的廣場正中央，存在著奇妙的事物。

一座水藍通透的冰山。不，由於內部是空洞，所以不該說是山，該說是塔？直徑有十公尺，高度應該更勝直徑。裹住整座冰塔的淡藍色過剩光，證明了這個物體是以心念創造出來的。

發動心念系統的超頻連線者是誰，也立刻看了出來。有個巨大得駭人的影子，蹲距在冰塔邊。乍看之下像是四腳獸類的公敵，但並非如此。那是震盪宇宙「七矮星」中排名第七的

Glacier Behemoth。

而Behemoth頭上還有一個嬌小的超頻連線者。和巨獸型虛擬角色相比，她的個子小得像是在開玩笑，存在感卻超乎Behemoth之上。是「七矮星」中排名第二的Snow Fairy。

除了他們兩人之外，在廣場的外圍還看得到十二個人影。看來震盪宇宙方面的領土防衛隊成員，大部分都聚集在泉岳寺。

但相對的，黑暗星雲方面的進攻團隊成員卻一個也沒看見。不知道是不是聚集在別的地方待命？若是如此，就得找出地方……就在她想到這裡時。

黑雪公主察覺巨大的冰塔內部，關著大量的某種物體。

透過厚實的冰壁，只看得出五彩繽紛的顏色，但以對戰虛擬角色而言，這些物體未免太小。亮度之所以會以固定的週期改變，是因為以固定的速度在旋轉？是某種物品，或者是標記……

「…………！」

就在黑雪公主尖銳地倒抽一口氣時，身旁的仁子也全身發抖。

那些全都是超頻連線者的死亡標記。

是誰的？想也知道，是新生第二期黑暗星雲的領土進攻團隊……Sky Raker、Aqua Current、Ardor Maiden，以及Silver Crow他們。

是震盪宇宙將領土戰爭空間轉變為無限制空間，將Raker等人聚集到這個廣場上，用心念一口氣加以殲滅。

還不只是這樣。Behemoth將死亡標記禁錮在冰壁，不，應該說是冰牢裡，Fairy也在一旁待命，這就表示他們打算重複同一件事。等到過了一小時，眾人復活的瞬間，就要再度用心念殲滅眾人，直到所有人的超頻點數耗盡為止。

這是個圈套。震盪宇宙……白之王White Cosmos預測到了黑暗星雲的領土進攻行動，做了周全的準備。為的是讓黑之團完全潰滅，將他們從加速世界當中排除掉。

黑雪公主的視野染上淡淡一層紅色，雙手劍頻頻顫動。

——會中圈套，是因為中圈套的一方太愚蠢……妳大概會這麼說吧。

——可是，既然這樣，那麼就算受到同樣的對待，妳也沒話說吧？就算我用心念殲滅在場的所有人，就這麼以無限PK讓他們點數全失，妳也不會有意見吧……Cosmos！

黑雪公主在腦中這麼呼喝的同時，正要猛然起身，右手劍卻——

被仁子小小的左手迅速抓住。

Black Lotus四肢的劍刃，會常態發動被動式特殊能力「終結劍」，光是輕輕碰上，就能損傷萬物。是黑雪公主「精神創傷」的體現。

銳利的刀刃陷進Scarlet Rain嬌弱的五指足足數公釐，讓紅色的損傷特效有如鮮血似的滴落。但仁子不張開手，以壓抑過的聲調輕聲說：

「等一下，Lotus。」

「我等不了……！」

黑雪公主也勉強壓低音量，輕聲回答。

「他們可是打算讓Raker他們點數全失啊！而且，Leopard他們『三獸士』應該也在裡頭。仁子，妳也……」

「對，我氣得快要發瘋了。可是，正因為這樣，我們才應該先冷靜下來！」

被小了自己三歲的少女這麼一說，她也只能乖乖聽話。她細細呼出一口長氣，放鬆全身的力道。

仁子總算放開手，再度將視線朝向廣場，說出了令她意想不到的話。

「我想，Crow多半不在那裡頭。」

「什……什麼……？」

黑雪公主趕緊凝視冰牢。

這道以心念創造出來的冰，厚度將近一公尺，只依稀可以看見內部的情形。她只看得出有十幾個死亡標記存在，實在認不出每一個標記是誰。

「妳怎麼知道？」

仁子得意地一笑，回答黑雪公主的問題：

「因為那堵冰牆，上面是開著的。烏鴉應該有辦法用飛的逃走吧？」

「…………我……我說妳喔。」

黑雪公主正猶豫著該如何吐嘈這稱不上根據的根據，仁子就換回正經的表情說下去：

「還有，我的特殊能力『視覺擴張（Vision Extension）』對風向和熱源，還有對情報壓也能視覺化。死亡標記的資訊波形很特殊，所以比用眼睛更容易透過那些冰塊看清楚東西。雖然我沒有清楚到連哪個標記是誰都認得出來，但至少可以確定那裡頭只有十五個標記。這點千真萬確。」

「十五……」

黑雪公主一邊喃喃複誦，一邊在腦子裡重新點過進攻團隊的人員陣容。

黑暗星雲「四大元素」有三人，加上Crow、Bell、Pile是六人，加上Petit Paquet組和Magenta Scissor是十人。再加上Ash Roller組和「三獸士」組，一共十六人。最後再加上今天才剛加入軍團的Trilead Tetraoxide，一共十七人。即使把多半不會有死亡標記的大天使梅丹佐除外，的確還少了兩人份。

「……可是，妳怎麼知道逃脫的是Crow……？」

黑雪公主先問出問題，然後才自行想到了解答。

「不，原來如此。要逃出那無限ＰＫ的圈套，還有個可行的方法，就是從傳送門回到現實世界，從大家的脖子上扯下神經連結裝置……既然如此，那麼他們應該已經把這個工作，託付給能飛的Crow了。」

「就是這麼回事。」

仁子先點點頭，抬頭朝黑雪公主瞥了一眼，微微一笑。

「而且啊，換成是妳被關在裡頭，陷入絕境，妳也早就不管什麼道理，全力讓Crow脫身了吧？我想Pard和Raker一定也是這麼做。」

「……嗯，這的確沒錯。」

黑雪公主點頭承認，用手肘從旁輕輕頂了頂仁子的腹部表示妳還不是一樣，然後將視線轉朝向黎明的天空。

「也就是說，Crow現在應該正往某個傳送門移動了？可是，就算能夠順利逃脫，只靠他一個人要拔掉所有人的神經連結裝置，不管動作多快，應該都得花上十秒鐘吧。現實世界的十秒，在加速世界將近三小時……這麼算來，至少還得被他們用心念攻擊兩次啊……」

「還好啦，如果只有兩次，我想不會有任何人點數全失……可是另外還有兩個問題啊。從長城來支援的機車男的同伴，是叫Bush Utan跟Olive Glove來著？記得他們兩人是從山手線的電車還是月台，來參加領土戰爭的？」

「對喔，Crow沒辦法讓他們強制登出……那第二個問題呢？」

「這很簡單，就是我跟妳，非得躲在這裡，再看兩次足足十五個同伴被他們一起殺掉的場面不可。」

「……剛才明明就是妳攔著我的吧？」

聽黑雪公主指出這點，仁子哼了一聲。

「我也一樣差點就要爆發啊。要是親眼看到Pard他們被那些傢伙殺了，我可沒把握不會衝上去。」

「我也沒有。」

黑雪公主先點點頭，然後想了一會兒，說道：

「……要是Crow逃脫成功，在大家復活前，應該至少會有一兩人份的標記消失。我們就先等等看吧。萬一一個標記都沒有消失，那就表示Crow逃脫的過程受到妨礙。到時候……」

「就配合Pard他們復活的時機，我們也殺進去。這樣行吧？」

「就這麼辦。」

她再度點點頭，緩緩呼氣，同時放鬆全身的力氣。

對戰虛擬角色的內部，仍然有著熾熱火焰似的怒氣在翻騰。她隨著呼吸，將怒氣聚集在胸中的一點，濃縮成泛青色的白光。

坦白說，她還是想立刻從大樓一躍而下，解放所有破壞的心念，把震盪宇宙的團員大卸八塊。即使明知——不，正因為知道一旦遭到反擊而落敗，自己也會跟楓子等人一起陷入無限PK的危機。

然而現階段，還有太多狀況不明瞭。既然能放黑暗星雲方面進攻團隊的所有人進入領土戰爭空間，也就表示震盪宇宙方面的防衛部隊，應該也有十九人。然而眼下的廣場上，怎麼數都只有十四個人。也就是說，還有五個人不在泉岳寺。

其中一個人就是若宮惠——嗎？

她認識惠，是在進入梅鄉國中就讀的當天。

黑雪公主因為殺死王，被指定為加速世界最高額的懸賞犯，不能連上全球網路，所以即使受邀參加校外的班級聚會也只能拒絕，每天都在校內待到最終離校時刻為止。

只是話說回來，留在學校倒是有著一大堆事情要做，她打算先掌握校內所有公共攝影機的設置位置而四處行走時，就在圖書室找到了惠——又或者是被惠給找到了。

她們是在書架與書架之間撞見，所以無處可逃，黑雪公主只先看清楚對方同樣是一年級生，點了點頭打招呼後就要走過，但這個有著輕柔髮型的女子，卻笑瞇瞇地來找她說話。

——妳也喜歡真正的書本嗎？

意料之外的情形，讓黑雪公主有些口吃地回答：

——還……還好，不討厭。

黑雪公主當軍團長時代養成習慣的口氣，似乎刺激到了惠的某種笑點，只見她笑得更開，同時邀說：「等借完了書，我們就去交誼廳聊聊吧？」意料之外的閒聊聊得意外起勁，最後甚至約好了隔天見面。

梅鄉國中的交誼廳，有著一年級生不准使用的不成文規定，這點她是日後才知道，但惠顯得也不怎麼在意，雖說只在放學後用，但她就是光明正大地一直在用。不知不覺間，惠成了對黑雪公主而言最親，同時也幾乎是唯一的好朋友。

當然了，要說黑雪公主從不懷疑惠是六王軍團派來的刺客，那就是騙人了。她確定惠連上校內網路之後才去查看對戰名單的舉動，也不是只有一次兩次。但名單上從未出現Black Lotus以外的虛擬角色名稱，黑雪公主很快就丟開了疑問。

要不是有惠，黑雪公主的國中校園生活多半會變得相當乏味，而且或許也不會報名參加學生會幹部選舉。兩人儘管並未去到彼此的家裡，但無論是在學校聊天的時間，還是放學後在校外喝茶、逛街的時間，對黑雪公主而言都是無可取代的。真要說起來，「黑雪公主」這個有點令她難為情，卻又讓她頗中意的外號，就是惠幫她取的。

若要說這樣的惠是震盪宇宙的團員，從一開始就是為了這一天而接近黑雪公主，那是說不通的。

可是今天……七月二十日星期六，黑雪公主在畢業典禮與班會時間結束後，出席學生會的

會議，和惠聊了好一會兒才離校，直接前往有田家。黑雪公主即將面臨日珥的合併，以及與震盪宇宙的決戰，惠長年陪在她身邊，也許真能感受到她的緊張。要說惠以某種手段掌握到她的動向，搭公車追來，說不定也是有可能的。

是這麼回事嗎？若宮惠是震盪宇宙的間諜嗎？兩年前的那一天，惠在圖書室找她說話，是出於白之王——黑雪公主的親生姊姊White Cosmos的指示嗎……？

——不對！

黑雪公主在腦海中奮力呼喊。

即使惠是超頻連線者，能透過和以前的Cyan Pile類似的手段來騙過BB系統，為了今天的黑暗星雲殲滅戰而幫助白之團，那也絕對不是她基於自身意志所做出來的行為。

透過公車車窗看見的惠，眼角有著淚珠。

——我相信那些眼淚才是真相。

——所以惠……妳再忍耐一下。我一定會打倒震盪宇宙……打倒Cosmos，讓妳得到解脫。

黑雪公主心中懷著一團藍白色的光，對應該就待在這戰場上某處的惠訴說。

＊＊＊

從聳立於品川車站西北方的大型旅館屋頂，避開座鎮在站前廣場的「九頭龍」型公敵攻性化範圍，往南飛了六百公尺後，春雪暫時先下到地上。

這裡多半是現實世界的大規模公寓大樓，只見四周圍繞著格外長的建築物，中庭似的空間裡則散布著一些異形的擺設。他讓千百合去破壞這些物件，累積必殺技計量表。

「那，要來嘍。」

千百合短聲宣告，高高舉起配備在左手上的手搖鈴型強化外裝「聖歌搖鈴（Choir Chime）」，大大轉動幾圈後，響起了清澈的鐘聲。

「——『香櫞鐘聲（Citron Call）』！」

喊出招式名稱的同時，朝相互支撐著站立的春雪與Trilead揮下左手。搖鈴發出的綠色光芒籠罩住他們兩人，倒轉時間，治好春雪被忍者虛擬角色切斷的右腳掌，以及Lead頸子與右手上的傷。

Lead掩飾不住震驚，上上下下看著自己的身體；春雪把右手從他肩膀上拿開，用恢復原狀的右腳牢牢踏住地面，然後對千百合點了點頭。

「謝啦，Bell。」

「不會。」

千百合輕輕搖頭，小聲補上幾句話：

「……我剛才什麼忙都幫不上，這點小事總得做好……」

平常活力充沛的兒時玩伴難得發出沮喪的聲音，春雪忍不住先連連眨了眨眼，然後才趕緊否定：

「哪會啊。而且……要說什麼忙都沒幫上，我也一樣啊。要不是Lead趕來，我肯定已經被幹掉了。」

他說到這裡，想起還沒好好道謝，於是對年輕武士虛擬角色也低頭說：

「……也要謝謝Lead，真的是多虧了你。」

「哪裡……我只是做了分內的事，因為我也已經是黑暗星雲的一員了。」

Lead這麼回答，表情卻也不開朗。他搖動瀏海裝甲片低頭，以像是承受著痛苦的聲調說下去：

「……而且……我躲在遠處看著Crow兄與Raker姊你們被心念殲滅的情形。我一直在找機會救援，但防守泉岳寺的人完全無隙可趁，只能眼睜睜看著大家陣亡……」

「才……才不是這樣！」

喊出這句話的，是短短幾秒鐘前才表現出類似自責傾向的千百合。

「那裡震盪宇宙的團員多達十五個以上，就算是王，也沒辦法一個人顛覆整個狀況。而且，就是因為你努力忍下來，我們也才能得救……倒是啊……」

她說到這裡，先瞥了春雪一眼，然後小聲問起：

「這位是誰啊？說是黑暗星雲的一員，這是怎麼回事？」

「咦？」

春雪先眨了眨眼，這才察覺到不對。

Trilead Tetraoxide加入軍團，是在只剛好勉強趕上的時機，再加上考慮到他的情形特殊，事先知道這件事的人就只有黑雪公主、楓子與春雪。所以他和千百合當然也是初次見面。

「啊啊，呃，我想名字妳已經知道，他是Trilead Tetraoxide。」

春雪先對千百合介紹完，接著看向Lead。

「然後這位是Lime Bell。你和梅丹佐上次就見過了吧？」

春雪左肩上的立體圖示拍動翅膀，Lead先很有禮貌地鞠躬致意，然後對千百合伸出右手。

「幸會，我叫Trilead Tetraoxide，本次有幸加入黑暗星雲。這是我第一次參加軍團，所以我想多少會有些地方不周到，還請多多批評指教。」

在加速世界裡從不曾聽過這種有禮貌到了極點的招呼，讓千百合張大嘴，發呆了兩秒鐘左右，這才趕緊伸手回握。

「啊，你……你好，我是Lime Bell。我才要請你多多指教了…………倒是啊…………」

千百合一放開手，立刻靠向春雪，小聲連連逼問：

「Crow你給我等一下，Trilead，就是你之前說過住禁城的Lead？為為為什麼會突然加入我們軍團？」

「這說來話長……可是他超級靠得住的，剛才的戰鬥妳也看到了吧？」

春雪回答完，這才察覺不對。

震盪宇宙預測到了黑暗星雲的進攻，做了周全的準備，這是顯而易見的。他們準備了擁有破格的能力，能把領土戰爭空間變遷為無限制中立空間的超頻連線者，而且為了妨礙他們逃脫回現實世界，甚至不惜大費周章，把大型公敵引到附近所有的傳送門來封堵，企圖讓春雪等人點數全失。而且從對方註冊了二十人以上的防衛部隊看來，他們應該是連黑暗星雲陣容上的強化都已經計算在內。

然而無論是做事多麼周到的人物，相信總無法預測到「四聖」之一的大天使梅丹佐與春雪同行，以及擁有神器The Infinity的Trilead會在開打前一刻加入軍團。也就是說，梅丹佐與Trilead，在震盪宇宙的殲滅作戰中，是完完全全的活棋。

梅丹佐的知識與Trilead的武力。只要有這兩項資產，搞不好現在都還來得及顛覆整個不利的狀況——

春雪忽然間忍不住想到這樣的念頭，這才趕緊打消主意。

現在他必須分秒必爭地趕往安全的傳送門，回到公車上，扯下楓子等人的神經連結裝置。

只要繼續沿著東海道本線的鐵軌，南下十公里左右，就會越過多摩川，進入神奈川縣。相信總不會連那麼遠的地方，都布署了大型公敵。

「……梅丹佐，距離大家復活還有多少時間？」

他對左肩上的立體圖示問起。只要打開系統選單，就可以知道累計上限時間，但問梅丹佐還比較快──或許是看穿了他的這種心思，圖示以有些尖銳的聲調回答：

「僕人，我可不是時間計測裝置──剩下四十七分鐘。」

「還挺久的啊……」

春雪喃喃說了這句話，仰頭朝北方的天空一瞥。

逃脫Snow Fairy的心念攻擊，擊退忍者虛擬角色的追擊，一路飛到這裡，讓他覺得已經過了很長一段時間，但與忍者之間的戰鬥，實際上應該還花不到五分鐘。由於是由兩個能力全灌在速度上的角色之間所展開的超高速戰鬥，造成了時間感覺有所壓縮。

但愈快總是愈好。即使順利回到現實世界，在他拔下眾人的神經連結裝置時，加速世界的時間是以一千倍的速度流動。

「……好，走吧。」

春雪重新面向南方，朝千百合與Lead伸出左右手。他再度牢牢抱住兩人，張開翅膀起飛。

「香櫞鐘聲」的副效果，讓他飛到這裡所用掉的必殺技計量表，也恢復到了某種程度。而且若真的到了緊要關頭，今天他沒有理由為了動用心念之力飛行而遲疑。他打算無視節能效率，以最大速度飛往南方，然而……

越過港區戰區與拼穿戰區的界線，飛了不到五百公尺，梅丹佐就突然呼喊：

「停下來，Crow！」

「咦……咦？」

春雪震驚之餘，反射性地張開翅膀，進行逆向推進。千百合因為身體被大幅度擺盪而發出尖叫。

緊接著，春雪也察覺到了。

他去路上的空中，有著一層非常非常淡的光之薄膜，就像極光似的搖曳著，往上下左右擴張。儘管存在感極其稀薄，但他本能地領悟到這當中有著某種萬萬不能用全速撞上去的事物。

「唔噫咿咿咿……！」

春雪低吼著全力減速。但春雪消除不了三人份的慣性，一張臉以時速十公里的速度，朝極光撞了上去。

一種貼壁的感覺傳來的同時，千百合與Lead分別發出「唔噫！」與「嗯嗚！」的驚呼聲。

三人貼在這幾乎透明的牆壁上，就這麼慢慢朝地面滑落。

春雪最後再進行一次逆向噴射，勉強成功達成無傷降落後，先確定千百合與Lead沒事，然後看了看自己的體力計量表。

千百合幫他恢復的計量表，減損了少少幾個像素的長度。要是用全速撞上去，多半已經弄得慘不忍睹。他忍不住鬆了一口氣，但現在完全不是放心的時候。

「為什麼這種地方會有牆壁……」

他一邊說著，一邊用右手再度摸了摸這粉紅色的極光。

明明稀薄得幾乎完全看得見另一頭的情形，但就是有種令人絕望的硬度，令人確信不管拳打腳踢多少次，或是拿武器來攻擊，都無法破壞。不，和物質上的硬度又不一樣。手指上完全沒有傳來牆壁的質感，卻有種強硬拒絕干涉的斷絕——

「這是戰區界線……？」

千百合喃喃說起，春雪也點了點頭。

「嗯，感覺很像。可是，無限制空間為什麼會有戰區界線……？而且，這裡應該已經是品川戰區裡了……」

「正確說來是兩公里，僕人。」

梅丹佐突然這麼說，讓春雪歪了歪頭。

「兩……兩公里？從哪裡算起？」

「從Mean Level中發生大規模空間變動的中心點。」

「…………！」

春雪倒抽一口氣，立刻轉身。

雖然被鋼鐵大樓群遮住而看不見，但往北離了兩公里處，有著泉岳寺存在。正確地說來，是從蓋在泉岳寺北側的一棟大樓算起。從用心念把春雪等人轉移到無限制空間來的神祕超頻連線者出現位置，到這就是整整兩公里……梅丹佐就是這麼說的。

「這牆壁……是那個超頻連線者創造出來的……？」

梅丹佐訂正了春雪的話。

「與其說是意圖製造屏障，恐怕還不如說是空間變動可及的範圍就到這裡吧。這只是我的推測，但你所看見的小戰士，用心念將Low Level與Mean Level重疊。有效範圍就是這個半徑兩公里的正圓形，空間就在這裡有了邏輯上的斷絕……應該就是這麼回事吧。」

「……既然是這樣……」

發言的是Trilead。他將造型顯得十分聰慧的面罩朝向春雪他們，用正經的語氣說下去：

「也就表示這個超頻連線者，到現在還持續在發動心念。要維持這麼大規模的現象，應該會需要非比尋常的專注。只要去攻擊這個人來擾亂對方的專注……」

「往無限制空間轉移的情形就會被取消……！」

千百合這麼一喊，Lead就默默點頭。過了一會兒，梅丹佐也讓小小的天使之環短短地發了光。

「有可能啊。但如果是這樣，震盪宇宙的那些人應該也知道，相信一定會把這個人牢牢保護好。」

「……泉岳寺除了Behemoth與Fairy以外，還聚集了十五名以上毫髮無傷的震盪宇宙團員……要突破他們的防守……」

春雪把「會很難」這句話吞了下去。

因為眼前的光之壁絕對無法破壞，無異於空間只到這裡就結束。

存在於這半徑兩公里圍牆內部的傳送門，想必全都布署了巨獸級以上的公敵，不會有一處遺漏。反過來說，正因為能夠限定範圍，震盪宇宙方面才會實施用公敵堵死傳送門的方法。

把楓子他們十四個人從無限PK中救出的手段，已經只剩下唯一一種。也就是如Lead所說，去攻擊把春雪等人轉移到這無限制空間的超頻連線者，讓對方的心念中斷。

然而要不被占領泉岳寺的震盪宇宙諸多強者發現，接近這個超頻連線者，真的有辦法辦到嗎？何況春雪連她現在所處的位置都不確定。要是貿然進行奇襲而失敗，該怎麼對以拚死的決心讓春雪逃出冰牢的楓子他們道歉呢？

春雪理應飽經鍛鍊的思考爆發力完全起不了作用，正呆呆站著，這時他的左肩上——

大天使梅丹佐開了口，說話聲調中包含了稀少得幾乎令人以為是錯覺的些許躊躇。

「突破震盪宇宙防守的方法，只剩下一個。」

「咦……」

立體圖示從瞪大眼睛的春雪肩上飛起，停在三人的正中央，一邊讓天使之環不規則地閃爍，一邊開始說明：

「這種空間斷絕，是以你們稱之為泉岳寺的神殿為中心，涵蓋半徑兩公里的圓形區域。南端是到這個地點……那麼北端又到哪裡，僕人，你知道嗎？」

「咦，北……？」

春雪搞不懂她想說什麼，在腦中展開他拚命背起來的港區地圖。

從泉岳寺往北移動，就會去到先前進行Ardor Maide救出作戰時拿來代替彈射器的櫻田大道，再過去就有某著名私立大學的三田校區，再更過去……

「啊……！芝……芝公園……？」

聽到春雪這麼說，Lead微微歪頭，但千百合則跟著倒抽一口氣，輕聲說道：

「芝公園地下迷宮……！」

「正是。」

梅丹佐讓小小的圖示重重地點頭，說道：

「照我的計算，半徑兩公里的範圍內，勉強涵蓋住了我的居城『兩極大聖堂（Contrary Cathedral）』的入口。若

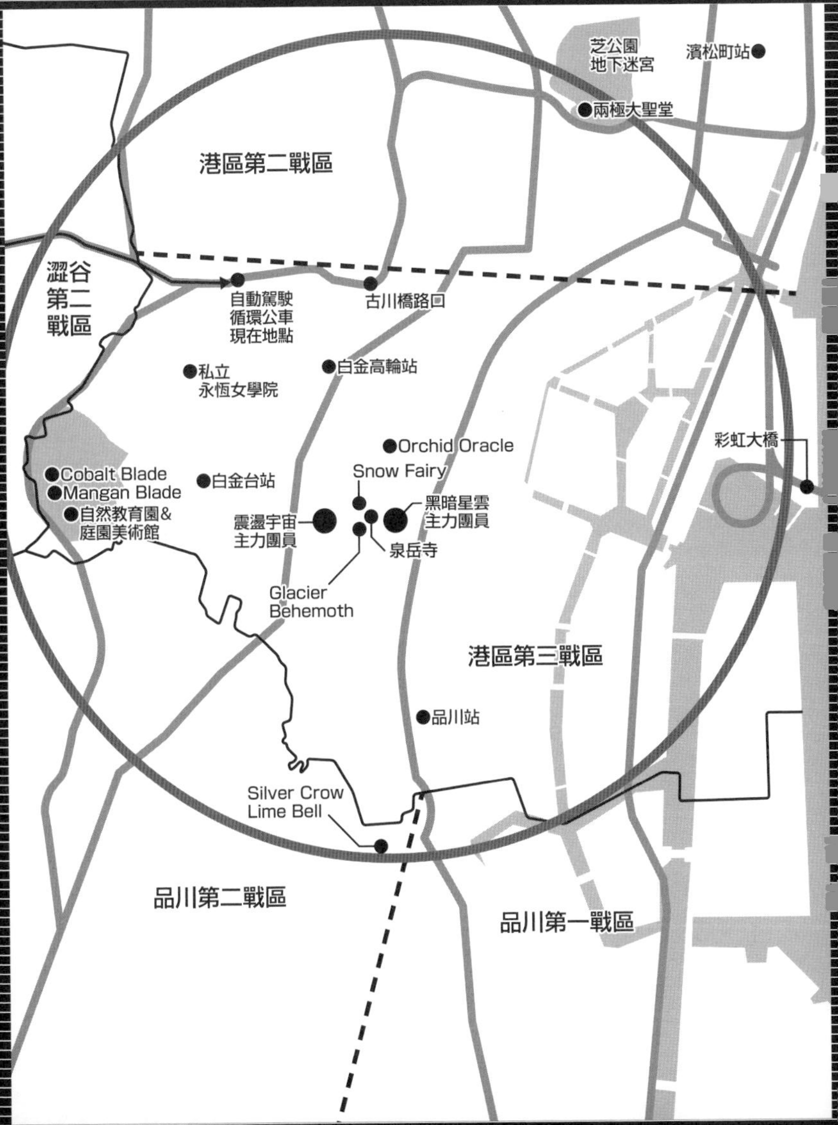
芝公園
地下迷宮
濱松町站
兩極大聖堂
港區第二戰區
澀谷
第二
戰區
自動駕駛
循環公車
現在地點
古川橋路口
私立
永恆女學院
白金高輪站
Orchid Oracle
Snow Fairy
彩虹大橋
Cobalt Blade
Mangan Blade
自然教育園&
庭園美術館
白金台站
震盪宇宙
主力團員
黑暗星雲
主力團員
泉岳寺
Glacier
Behemoth
港區第三戰區
品川站
Silver Crow
Lime Bell
品川第二戰區
品川第一戰區

是空間斷絕會一路延伸到地下，那就無法更深入……但在ＢＢ系統上，所有迷宮跟地上都屬於不同空間。只要能夠通過入口，就有著能夠抵達地下城最深處的可能。」

「這……這最深處有什麼啊，小丹？」

誰跟妳小丹！

大天使倒也不吼出這句話，回答了千百合的疑問。

「那還用說——是我的本體，Being梅丹佐。」

4

沿著極光障壁往東移動，上了東海道新幹線的高架鐵軌後，春雪等人一路朝芝公園所在的北方移動。

高架鐵軌被鋼鐵的隔音牆圍住，所以只要飛在幾乎貼著鐵軌的高度，從地上就看不見他們。他們也評估過要走在地下平行的磁浮中央新幹線隧道，然而一旦在地下遭遇到大型公敵，就會無路可逃。

春雪把Lime Bell與Trilead分別抱在左右懷裡，幾乎以全速飛行，就聽到梅丹佐冷靜地開了口：

「僕人，離Sky Raker他們復活，還有四十一分四十秒。」

「謝……謝謝妳。可是為什麼要在這種不上不下的時候……」

春雪一句話先說到這裡，立刻察覺是怎麼回事。

「不，所以是剩下兩千五百秒了？」

「正確說來是剩下兩千四百九十一秒。」

「……謝……謝謝妳。」

春雪再度道謝，然後微微加快了飛行速度。聽到剩下四十分鐘，就覺得時間似乎還算充裕，但說是兩千五百秒，則會覺得轉眼間就過去，所以人類的時間感覺實在頗為馬虎。

但梅丹佐是AI，對她而言，想必一秒永遠都是一秒——是由位於日本某處的BRAIN BURST中央伺服器即時時鐘IC所創造出來的不變的資訊。而且這種時間，還加速到了現實世界的一千倍。春雪在現實世界中度過一天的時候，梅丹佐就過了一千天。

她自己常常用「這點時間，對我來說就像是一瞬間的假寐」這樣的口氣說話，但真的是這樣嗎？梅丹佐被賦予了極為正確的時間感覺，一天、一個月，一年，難道不會比春雪的感覺更加漫長、遙遠……？

等這場戰鬥結束，就在時間允許的範圍內儘可能在Mean Level久留一次，好好跟梅丹佐談談各式各樣的事情吧。

春雪這麼下定決心，然後將意識往前方集中。

東海道新幹線的高架鐵軌，在軌道平行的山手線田町站前方不遠處，往右拐了個大彎。春雪在這裡並不跟著轉彎，維持直線飛行，越過隔音牆，飛進了櫻田大道。

「啊……！」

他抱在左手上的千百合小聲發出驚呼，指向前方。

筆直延伸的道路前方，有著一座在高樓群中鶴立雞群的鐵塔，在血紅的朝陽照耀下聳立。這座有著複雜桁架結構的鐵塔尖端，被魔都空間低垂的雲層所吞沒，看也看不見。

「那個，是東京鐵塔遺址吧！」

聽千百合這麼說，右手抱著的Lead回答：

「這是我第一次在加速世界裡，從這麼近的地方看東京鐵塔遺址。」

「這樣啊？從禁城看過來，一定小得看不見吧。」

「是，我一直打算有一天要來看看。」

春雪一邊聽著兩人的談話，一邊凝神觀看東京鐵塔遺址的塔頂。

那兒應該存在著楓子那棟命名為「楓風庵」的玩家住宅，以及一個傳送門。即使白之團再怎麼神通廣大，他也不覺得這些人有辦法把公敵布署在三百三十三公尺的高處，但遺憾的是東京鐵塔遺址是位在光的屏障之外。

沿著櫻田大道直線前進，從首都高速公路的高架道路下穿過，右轉來到外緣車道，就看到眼前出現寬廣的空間。是現實世界中有著高大樹林圍繞的芝公園。

「要下去了！」

春雪先對兩人說一聲，然後張開翅膀減速，下到鋪了地磚的路面。

道路北側的廣場，圍繞著頂端像長槍一樣尖銳的鋼鐵柵欄，一座莊嚴肅穆的門敞開著。內側被濃密的霧氣封鎖，看不清楚情形。

「這裡就是……芝公園……」

梅丹佐對春雪的話有了反應。

「如果空間屬性是H（Holy）或E（Earth）系，就會更美了。不過現在外觀不重要。」

她說得一點也不錯。

春雪先和千百合及Lead交換了眼神，然後帶頭進了門。隨即有白色的霧氣湧來，遮住了視野。而在霧氣後頭很遠很遠的地方，傳來一種有著巨大生物在昂首闊步的沉重聲息。

「……總覺得，好像有很不妙的公敵耶……」

千百合小聲一說，Lead也將手伸向腰間的刀。但他們沒時間進行無謂的獵公敵活動了。

「梅丹佐，迷宮的門是在？」

「往這裡前進五十七公尺處。」

小而尖銳的翅膀朝東北方一指。春雪點點頭，一邊警戒四周，一邊小跑步前進。

所幸一路上並未受到公敵攻擊，結束移動之後，就看到霧氣後頭，出現了一座除了梅丹佐所說的「門」以外，沒有辦法用其他字眼來形容的建築物。

在許多款式像是由無數刀刃縱向堆砌而成的柱子支撐下，厚實的鋼鐵大門屹立在眼前。高度大概有五公尺左右。春雪過去也在加速世界看過各式各樣的門，但這座大門仍屬其中最頂級的規模——當然禁城的四方門除外。

而且門後離不到十公尺處，就有淡粉紅色的極光在搖曳。也就是說這座門勉強進了屏障內，但春雪沒有心情對此產生什麼感想。

……這就是，四大迷宮之一的……芝公園地下迷宮入口。

春雪正被深沉的敬畏所震懾住，呆呆站著不動，梅丹佐就用翅膀頻頻拍打他的頭。

「僕人，你在發什麼呆？只剩下三十五分鐘了。」

「啊……嗯……嗯。」

春雪對千百合他們點點頭，走向門口，用左右手推開這扇對開的門。門板帶得地面轟隆作響而開啟，露出了往下的巨大樓梯。

迎面吹來的冷風讓他不由得發抖，來到他身旁的Trilead就輕聲說：

「……這壓力簡直和禁城正殿差不多啊……」

「真的……」

只憑三個人，而且還要在三十分鐘以內，突破這最高難度的迷宮，這真的有可能嗎——

春雪無法不這麼想，但他非做不可。只有神獸級公敵大天使梅丹佐，是春雪他們所剩的唯一希望。

「好，我們走吧！」

千百合這麼一喊，推著兩人的背後。春雪心想「看來是恢復精神了」並稍微鬆了口氣後點了點頭，邁步踏上鋼鐵的大階梯。

加速世界四大迷宮。

也就是文京戰區的東京巨蛋地下迷宮、千代田戰區的東京車站地下迷宮、新宿戰區的新宿都廳地下迷宮，以及港區戰區的芝公園地下迷宮。聽說在BRAIN BURST初期，澀谷戰區還有著代代木公園地下迷宮，有過一段並稱五大迷宮的時代，但代代木公園被封印，現在已經沒有人會去。

四大迷宮當中，全都布署了最強分級的神獸級公敵作為最終頭目，這些強敵被稱為「四聖」。儘管玩家間普遍認為他們的地位比把守禁城四方門的超級公敵「四神」要低，實際上四聖也全都已經被諸王的軍團討伐成功，但春雪知道那稱不上是完全攻略。

四聖有著巨大公敵外型的第一形態與人類外型本體的第二形態，現在已經被打倒的只有第一形態。

以梅丹佐為例，在芝公園地下迷宮——正式名稱「兩極大聖堂」中，可以透過踩踏特定的地板，將迷宮內的屬性從「天界」切換為「地獄」。在地獄空間中，梅丹佐第一形態的力量會大幅減弱，只要找來足夠的高等級玩家組隊，的確有可能打贏，但這樣不會讓第二形態出現。

必須不藉助地獄空間的力量，就打倒第一形態，再打倒接下來出現的第二形態，也就是本體，才能夠說是完全討伐了梅丹佐，但至今尚未有任何一個軍團辦到這一點。

只是話說回來，春雪由衷期盼今後也永遠不要出現想打倒梅丹佐第二形態的人。梅丹佐身為公敵，即使被打倒，也會在下次變遷的同時復活，但復活的卻是八千年份的記憶與思考過程全都被重置過的全新個體。現在這個梅丹佐一旦死去，就再也不會回來了……

春雪之所以在加速世界最高難度的迷宮中奔跑之餘，還有心思在腦袋角落想著這些念頭，是因為有這個地方的主人，將出現的公敵一一非攻性化。

「僕人，前方有『權天使(Principalities)』型接近。」

聽到梅丹佐的警告，春雪停下了腳步。身後的千百合與Lead也跟著停步。

無論地上的空間屬性為何，迷宮內部都固定在「天界」屬性，所以感覺不像地下迷宮，更像是神聖的神殿。地板與牆壁是純白的大理石，銀色的柱子上施有精美的雕刻。天花板掛著水晶吊燈，發出清澈的光芒。

寬廣的通道在前方往右彎曲，有金屬質感的腳步聲，一步步從這個方向接近。隨後現身的，是個身穿泛青色金屬鎧甲，背負著一對白色翅膀的巨人型公敵——也就是天使。天使右手所握的劍，有著十字架造型的刀身，將吊燈的光反射得十分炫目。

天使公敵一發現春雪等人，頭盔下的雙眼就冒出藍白色的火焰，大大張開翅膀就要喊話，然而……

「——我的士兵啊，收起你的劍！」

梅丹佐在春雪頭上喊了一聲，天使眼中的光芒立刻消失，翅膀也摺疊為原狀。公敵應了「כן אדוני」這奇妙的一聲，再度往前走，從春雪等人身旁走過，消失到後方去了。

這已經是梅丹佐第九次驅退公敵，但三人仍然不約而同地鬆了一口氣。千百合抬起頭來，仰望著這小小的圖示說：

「……不過這真的是好用到犯規啊。只要有小丹在，不管是什麼迷宮，我看都是手到擒來吧？」

「Lime Bell，現在事態危急，我就不跟妳計較『小丹』這個稱呼，但我可不許妳把我當好用的外掛看待喔。」

她立刻出聲叮嚀，以怎麼聽都不像是ＡＩ的流利速度說下去：

「而且，我的支配力能對所有Being管用，是因為這裡是我的城堡，在外面頂多只能控制到你們所說的『野獸級』。而且在有主人存在的迷宮裡，支配力就會更弱，所以如果有想挑戰的地方，就要靠自己努力。」

「嘖～」

聽到這番彷彿嚴格教師與懶惰學生之間會有的對話，春雪忍不住苦笑，然後插了嘴：

「好了，我們加快腳步吧。梅丹佐，離頭目廳……不是，離王座廳大概還有多遠？」

「照這個步調，應該用不到五分鐘吧。另外距離Sky Raker他們復活，還有十七分鐘。」

「好……」

春雪點點頭，再度開始在通道上奔跑。

從芝公園到泉岳寺，正好是兩公里，若春雪以全力飛行，花不到一分鐘。即使考慮到離開迷宮的時間，也還勉強趕得上……不，是非得趕上不可。

但這是一切都按照計算的情形。加速世界，尤其無限制中立空間裡，沒有人知道會發生什麼事，事情實際按照計畫進行的例子，少得屈指可數。

千百合從剛剛就一直表現得開朗，但那多半反而說明了她心中不安。再過十七，不，是十六分鐘，一切就會決定。決定是能救出楓子、謠與拓武他們——還是說春雪他們也會落入無限ＰＫ的圈套，黑暗星雲就此潰滅。

…………不。

即使真的變成那樣，黑之王Black Lotus與紅之王Scarlet Rain都還平安。憑黑雪公主與仁子的本事，應該能夠好好領導擔任杉並與練馬防衛的前日珥團員，好好重建黑暗星雲。將來有一天，相信她一定會粉碎白之團與加速研究社的圖謀……

春雪將剎那間的思考深深落入胸中，加快了奔跑的速度。現在他非得專注於眼前的任務不可。為的是和Trilead與梅丹佐這兩個並未落入震盪宇宙計畫算計之中的人物通力合作，把同伴們從死亡圈套救出來。

往右彎曲的通道終點，是一處很寬的向下樓梯。他直覺感受到，再過去就是頭目所在的房間。

本來要抵達這裡，必須解除三層樓的益智機關，打倒三隻中頭目。但機關的解法有梅丹佐教他，中頭目她也全都幫忙非攻性化。這個如果正常攻略，多半得花上半天的最高難度迷宮，他們只用短短二十分鐘就通過了。

自己所支配的迷宮，被人這麼輕而易舉地突破，相信梅丹佐心中一定很不是滋味。就算是為了做出此等犧牲的她，在最後一戰也非得卯足全力不可。

春雪一邊堅定決心，一邊沿著大型階梯往下跑，去路上就出現一道格外壯麗的白銀門扉。

「再過去就是王座廳。」

他對梅丹佐這句話回答「了解」，朝左右的千百合與Lead一看，兩人也紮紮實實地點頭回應。

開門以後要如何周旋，他們在途中就已經確認過好幾次，但實在無法不擔心。只要有任何一次失誤，甚至也可能連泉岳寺都回不去，所有人就在這裡陷入無限ＥＫ的狀況。

然而，他們已經不能回頭。

「好……我們上！」

春雪大喊一聲，乘著奔跑的勢頭，推開了白銀的門。

＊＊＊

Magenta Scissor——也就是小田切累，默默注視著在眼前旋轉的死亡標記。

不是她的標記，而是Chocolat Puppeteer的標記。

在幽靈狀態下，對死亡標記的顏色只能以黑白濃淡來分辨，所以要把聚集在狹窄範圍內的十四個標記全都識別出死者是誰，是不可能辦到的。但唯獨眼前這個標記，她能夠確定就是Chocolat……就是志帆子的。原因很簡單，因為當她被極低溫的龍捲風吞沒而死的瞬間，累就整個人撲到志帆子身上試圖護住她。

然而，累保護不了她。

以心念創造出來的寒氣漩渦，毫不留情地從累雙手的縫隙間鑽入，將Chocolat整個人凍成純白色。當嬌小的虛擬角色脆弱地粉碎四散，這一瞬間，累湧起一股強烈得連自己都覺得意外的憤怒與悲傷，大聲呼喊。幾乎就在同時，Mint Mitten與Plum Flipper也都粉身碎骨。

短短幾秒鐘後，累的體力計量表也輕而易舉地歸零，但懊惱的程度遠遠不及Chocolat她們死去的時候。從死亡算起，大概已經過了四十分鐘以上，但半通透的虛擬人體胸中所蘊含的痛楚，連消退的跡象也沒有。

累在無限制空間中，襲擊Chocolat她們就讀的高中，還只是短短一個月前的事。她用剪刀將ISS套件強行寄生在抗拒的Mint與Plum身上，還試圖對Chocolat也如法炮製。這樣的累，或許沒有資格試著保護她們，也沒有資格為了保護不了她們而嘆息。

可是，她在Chocolat拚了命的說服下，答應參加黑暗星雲，在現實世界中見面，聊著聊著，累心中似乎就產生了一種連自己也意想不到的感情。那就是以後要竭盡全力，保護自己一度想傷害的她們三人。

「…………休可。」

累抬起頭，朝著應該就待在附近的志帆子幽靈訴說。

「我想妳應該聽不見，但我還是趁現在說清楚……謝謝妳原諒我。」

客觀而言，累、志帆子、聖實與結芽……還有楓子等黑暗星雲的主力，所有人都在這裡陷入點數全失絕境的可能性絕對不算低。雖說只要一直搭在現實世界的公車上，遲早會有人來停止累等人的完全潛行，但那輛公車是自動駕駛，而且是循環路線。多半會等到深夜才回到車庫，在這之前，無限制空間內將會度過將近一年的時間。換算下來，震盪宇宙將能夠殺死志帆子等人六千次到七千次。

唯一的一線希望，就是逃脫冰牢的Silver Crow與Lime Bell。只要他們兩人從傳送門回到現實世界，把神經連結裝置從所有人的脖子上扯掉，損失所有點數的危機就會暫時過去。

然而她怎麼想，都不覺得這麼大費周章準備了周全圈套的震盪宇宙，會沒料到這樣的事態。相信他們一定會以某種手段，阻止黑暗星雲的人從傳送門逃脫。現在不能只期待Crow搭救，得想想自己能夠做些什麼。

再過十五分鐘左右，累等人就會復活。到了那一瞬間，相信「白色結局」又會再度襲來，但如果只做一件事，應該有機會辦到。

累跪在已經感覺不到冰冷的冰上，用沒有實體的雙手摸著Chocolat的死亡標記，一心一意地思考。

＊＊＊

掛居美早忽然間覺得聞到了令人懷念的氣味，抬起了頭。

黑白的世界裡沒有新的動向。無論是防守泉岳寺寺地的震盪宇宙十二名團員，還是準備發動下一波心念的Glacier Behemoth與Snow Fairy，都默默持續做好自己的工作。雖然是敵人，但對他們的專注力也不得不佩服。

真要說起來，現在的美早處在幽靈狀態，所以嗅覺應該起不了作用。但她就是覺得沒有溫度的空氣中，有著一種很淡很淡的，輕飄飄、酸酸甜甜的香氣。就像是剛做好的草莓果凍膠的香氣……

「…………仁子？」

美早喃喃說了一聲，再度環顧四周。

仁子——紅之王Scarlet Rain不可能會出現在這裡。因為她已經和黑之王一起下了公車，回到了杉並戰區。

可是——

如果發生了意料之外的情形，讓仁子與黑雪公主跟著美早等人過來……但未能追趕上，就進入了港區第三戰區，連進了領土戰爭空間，這樣的可能性並不是零。如果真是如此，那就表示她們兩人也被捲進了無限制中立空間當中。

要是知道美早他們十四個人遭到心念殲滅，她們兩人會怎麼做呢？

想也知道，一定會在下一次復活的時機展開特攻。明知一旦失敗，她們兩人也會陷入無限ＰＫ的圈套當中，還是執意這麼做。

不，這一切都是美早的想像。要是就這麼點數全失，說不定就會把加速世界、把Blood Leopard，甚至把仁子也忘得一乾二淨。多半就是這樣的恐懼，讓自己感覺到了子虛烏有的香氣吧。

但相對的，身為超頻連線者，就是非得預先設想所有狀況不可。

這次美早就未能料想到白之團準備了如此周全圈套的可能。轉移到無限制中立空間、以冰牢捕獲、取消心念的心念，她對這一切都未能做出及時的對應，結果就是整個進攻團隊幾乎全軍覆沒。她與Sky Raker並列為唯二的8級玩家，明明有責任指揮同伴，卻什麼都沒能做到。

下次……將在十五分鐘後來臨的復活時間裡，無論發生什麼事，都不能停止思考，一定要對白之團那些傢伙還以顏色。

美早下定決心，開始一心一意地針對所有可能發生的情形思考。

＊＊＊

白銀的大門後頭，就像是RPG中會登場的至高神宮殿一樣——從某種角度來說，也許就是這麼回事——是個金碧輝煌的寬廣空間。

地板是鑲嵌有黃金裝飾的白色地磚，牆上有著成排巨大的白銀柱，柱子之間列有天使的石像。拱形頂蓋有著以藍色為基調的花窗玻璃，灑下的光為整個空間醞釀出冰冷而莊嚴的氣氛。

「好厲害，這裡就是小丹的房間啊～」

千百合一邊說著這種話，一邊就要往前進，春雪趕緊抓住尖帽，將她拉了回來。

「嗚嗯……你做什麼啦，明明就什麼東西都沒有啊。」

她說得沒錯，這個寬二十公尺，長多半有一百公尺的大廳裡，看不到任何公敵的身影。正面遠處的牆邊，有著應該叫作聖壇的空間，但那裡看起來也完全無人。

然而……

「不對，有。」

春雪以沙啞的聲音回答，凝視昏暗的聖壇。

雖然沒有王座之類的物體，但正面深處設有一個黑色的台座。想來，那多半就是以前神器「The Luminary」所擺放的位置吧。

從屋頂的花窗玻璃灑向台座周圍的光微微搖動，描繪出了複雜的輪廓——感覺是這樣。同時Lead也發出了緊繃的聲音。

「的確，那裡有東西……可是，實在太……」

太大了。

即使沒有聲音，這句話也讓他們感受到了。春雪在腦海中，回想起先前從綠之團的Iron Pound口中聽過的話。

——「大天使梅丹佐」在正常狀態下的特殊能力有隱形、一擊必殺、不接受任何屬性損傷，根本是胡搞瞎搞。

就如同他的說明，梅丹佐的第一階段，在地獄空間以外的屬性都是隱形，而且我方的攻擊無論物理系還是能量系，全都打不中；對方卻會連續發射超高威力的範圍攻擊。

千百合似乎是想起了先前在東京中城大樓打鬥時的情形，跟著往後慢慢退開。她抬頭看著春雪頭上的立體圖示，小聲問起：

「可是，那個不是小丹的身體嗎？不能像剛才那些天使一樣，讓它安分下來嗎？」

「很遺憾，那不是我的身體，比較像是對你們而言的強化外裝，又或者像是一種會動的牢籠。一旦發現敵人就會自動開始戰鬥，直到殲滅才停手。它和其他Being不一樣，沒有靈魂。因此，本體處在休眠狀態的我沒辦法控制它。」

春雪感覺到梅丹佐講解得朗朗上口，聲調中卻含著些許的緊張。

梅丹佐的本體，為了治好在先前與災禍之鎧MarkⅡ的那場激戰中所受的損傷，現在仍然在第一形態當中沉眠。立體圖示終究只是透過與春雪之間的資訊連結，投影出來的一種視覺上可見的終端機。無論圖示在這裡受到什麼樣的攻擊，都不會有任何損傷波及梅丹佐本身。

所以如果她在緊張，那就是因為擔心春雪等人在這裡陷入無限ＥＫ。加速世界最強級公敵（Being）大天使梅丹佐，也已經實實在在成了黑暗星雲的一員。

「……不用擔心啦。」

春雪右手伸到頭頂上，輕輕握住立體圖示，說道：

「我們不會輸。而且，白之團的陷阱我們也會擊破的！」

換作是平常，他馬上就會被罵「也不想想你是個僕人，還這麼囂張」，但這次並沒有聽到她出聲回答。取而代之的是一種脈動似的溫暖，傳到了右手手掌上。

春雪放下手，不用聲音，用思念又問了最後一次。

「梅丹佐，妳的本體，修復到了什麼程度？」

隔了一會兒，腦海中響起了她的說話聲。

「用不著擔心，已經達到不妨礙覺醒的地步。」

「…………知道了。」

春雪想問得更清楚，但還是壓下這個念頭，點了點頭。

自從梅丹佐驚險地免於完全消滅以來，春雪一直擔心會有人來到這芝公園地下迷宮挑戰，不藉助地獄空間而打倒第一形態，也一直認為得想辦法防止這樣的事態發生才行。但他作夢也沒想到，竟然會在想到具體的方案之前，自己就先來挑戰。

他明白這是唯一有可能救出楓子等人的手段。但要在修復完成之前，就讓梅丹佐的本體覺醒，這也讓他有所猶豫。

——上次，是梅丹佐保護了我。

——所以這次，不管發生什麼事，都要由我來保護她。哪怕對手是「七矮星」……甚至是白之王本人。

春雪重新下定決心，將視線轉往千百合與Lead。兩人都強而有力地點頭回應。

已經不再需要言語。春雪轉身往前，衝上了鋪有大理石地磚的大廳地板——也就是梅丹佐第一形態的攻性化範圍。

一時之間什麼都沒發生。但他跑了十公尺左右，就看到變化不是來自前方的聖壇，而是左右的牆壁附近。

銀色的柱子與柱子之間，天使的石像一瞬間發出白色光芒，發出沉重的聲響，開始活動。這是最終頭目所帶的小兵（Minion），「力天使（Virtues）」型的公敵。數目是三十。

「——停步！」

梅丹佐的圖示在熾烈的命令聲中，讓白色光環迸出強光。碰到這些強光的天使們，都全身僵硬地停止。但並非完全靜止下來。或許是因為他們多少仍處在第一形態的支配之下，口中發出奇妙的聲響，抗拒著梅丹佐的拘束。

本來應該要先在這裡停下腳步，把小兵處理完再說。但春雪也不考慮梅丹佐的停止命令被打破時的情形，繼續往前奔跑。

前進三十公尺左右，他注意到前方右側的地板上，存在著唯一一塊黑色的地磚。只要踏上那塊地磚，就可以將迷宮內的屬性從「天界」變成「地獄」，也就可以看見透明的第一形態。

但這次他們不能藉助系統的幫助。春雪無視這地磚，繼續往前跑，越過五十公尺線之後停步。

「……要來了！」

就在春雪呼喊的同時，前方的聖壇上，一個透明的影子動了。

一種被隱形的眼睛凝視的感覺。裝甲下的虛擬人體上，竄過一陣冰冷的戰慄。

Lead立刻來到他右側組成隊形，拔出了腰間的直刀「The Infinity」。春雪也雙手交叉，準備因應攻擊。千百合在兩人身後，高高舉起左手的手搖鈴。

「要來了！」

就在梅丹佐剛喊完這句話之際……

在光線折射下描繪出的巨大朦朧影子正中央，亮起了純白的十字光芒。

Silver Crow的下臂裝甲往左右展開，翻出了透明的導光水晶。

Trilead以雙手橫舉直刀。

世界染成一片全白。

大天使梅丹佐最強大的遠程攻擊，天界業火「三聖頌（Trisagion）」——

春雪用交叉的雙手，Trilead用舉起的直刀，迎擊這曾讓無數對戰虛擬角色蒸發的超大口徑雷射。他們同時大喊：

「——『光學傳導（Optical Conduction）』！」

「——『真經津鏡（Genuine Speculer）』！

兩名虛擬角色身上，也溢出銀色與藍色的光。

春雪的「光學傳導」屬於特殊能力，所以不需要喊出招式名稱，但要對抗梅丹佐的主砲，就必須借助心念系統的力量。相對的Lead的「真經津鏡」則是純粹的心念。兩人的過剩光相互融合，化為巨大的盾牌，接住了梅丹佐的雷射。大量的光與熱從接觸點往外肆虐，撼動了整個空間。

先前春雪在東京中城大樓，試圖以剛學會的「光學傳導」抵擋「三聖頌」時，就承受不住壓力，被轟得節節後退。要不是有Magenta Scissor他們支撐住，想必早已跌倒，一瞬間就被蒸發。

然而現在，春雪卻能夠勉強踏穩腳步。這是靠了站在身旁的Trilead。不是單純因為負擔減半。平常沉默寡言又很有禮貌的他，發出的心念超乎想像的火熱而劇烈，給了春雪力量。

Trilead Tetraoxide這個充滿神祕的超頻連線者，為什麼會離開禁城，加入黑暗星雲，還參加今天的領土戰爭呢？春雪一直在腦海中的角落思索著這個問題。

當然春雪並不是懷疑他。然而，他就是覺得不應該只往友情的方向去尋求理由，而是Lead心中也有著覺得該這麼做的強烈動機。

現在，透過融合的心念，春雪就覺得多少懂得了他的動機。對遼闊世界的渴望。春雪一直懷抱在心中的這種期望，在Lead心中也同樣存在。想去到更遠……想加速到一個這裡以外的地方。

——Lead，你也，一直想飛吧。

他以思念輕聲訴說，立刻就聽到一個聲音回答。

——是啊，Crow兄。我一直……想飛。想越過禁城的牆壁，感受這無限寬廣的世界……

既然如此，想讓加速世界閉塞的震盪宇宙，對Lead來說也就是敵人。挺身而戰的理由，有這個就夠了。

「唔……喔喔喔喔！」

春雪大喊。

「喝啊啊啊啊！」

Lead也大聲呼喝。

心念的盾牌光芒更盛，慢慢將雷射推回去。

但就在同時，化為光環釋出的龐大能量，將大理石地板加熱得有如熔岩般火紅，開始對他們兩人造成損傷。如果只是要燒焦雙腳似的疼痛，無論多麼劇烈他都能忍，但體力計量表的減少則無從阻止。

「………Bell，麻煩妳了！」

當計量表減少三成時，春雪對在後方待命的千百合呼喊。手搖鈴的鈴聲隨即響起：

「香櫞……鐘聲————！」

綠色的光在喊生中迸射出去，籠罩住春雪與Lead。體力計量表不規則地閃爍著，同時慢慢回復。

非得趁千百合的必殺技還維持得住的時候決勝負不可。春雪調整好呼吸，對Lead下達指示：

「要收縮反射的角度！想像用鏡子把能量反彈到一個點上的情形！」

「好的……！」

年輕武士堅毅地回答，迸出更加劇烈的藍色過剩光。同時春雪也竭盡全力擠出想像。

先前以平緩的凸形將雷射往廣範圍擴散的光之盾，漸漸接近完全的平面。全身所受的壓力也隨著增加，虛擬角色的關節噴出火花。

「唔……喔喔……！」

「嗚啊啊……！」

當兩人的心念同調，盾牌化為鏡子的瞬間，雷射的大部分都往斜上方反射，射在裡頭的牆壁與天花板相接處。這個大廳似乎被系統賦予了連「三聖頌」都抵擋得住的強度，並不像中城大樓那一戰那樣，一瞬間就被貫穿，但花窗玻璃與銀柱都轉眼間熱得發紅。

「還不夠，Crow！除非精確射穿發射點，不然攻擊就不會停止！」

頭上傳來尖銳的喊聲，春雪用思念回答：

「我知……道……！」

所有的攻擊都會憑空穿透梅丹佐第一形態，只有頭部發射孔在發射雷射的瞬間，是唯一的例外。但「三聖頌」足以燒盡萬物，能夠在這種攻擊下反向施加反擊的，就只有同威力的雷射而已。也就是說，除了從發射孔反射雷射以外，沒有別的方法。

在東京中城大樓成功辦到這點時，春雪的背後有著黑雪公主、仁子、楓子、拓武等多達十名同伴支撐。

現在，沒有人直接推著他的背。但身後有著拚命將傷害回溯的的千百合，身旁有著同心協力的Trilead，頭上有著身為公敵（Being）卻鼓勵他、引導他的梅丹佐。

不……不止這三個人。春雪感覺得到還有更多更多的人觸碰著他，給他力量。他在加速世界中結識過的所有超頻連線者的存在本身，都化為純粹的心念能量充盈全身。

「上…………啊啊啊啊！」

春雪抗拒強烈的壓力，挪動了光之鏡。

反射出去的雷射，在牆上畫出一道紅色軌跡，往正下方移動，讓射線完全重合。

有種射穿了某種物體的感覺。三聖頌逐漸衰滅，變得斷斷續續——最後終於消失。

聖壇上的空間就像玻璃似的粉碎，巨大得駭人的輪廓化為實體。

像是用白銀緯織壁毯拼成的翅膀、由多達數十個金屬環構成的軀幹，以及形狀像是行星的頭部。神獸級公敵「四聖」大天使梅丹佐的第一形態，終於現身。

位於頭部正中央的巨大雷射發射孔燒得焦黑，呈放射狀龜裂。但第一形態並非已經完全遭到破壞。梅丹佐的圖示從春雪頭上飄起，強而有力地激勵三人。

「好，就快了。只要我來預測所有的攻擊方式和時機，憑現在你們的實力，這個對手絕對不是打不贏的。」

「嗯，拜託妳啦，梅丹佐！」

春雪大喊一聲，也和千百合、Lead相視點頭。

他拔出左腰的輝明劍，蹬地一口氣加速。Lead也舉著The Infinity跟上。公敵巨大的身軀在前方再度開始活動，高高舉起了刀刃般尖銳的翼片。

春雪從丹田盡情發出怒吼，飛奔而去。

5

仁子本來一直看著系統選單，這時回頭說：

「Lotus，離Pard他們復活還有五分鐘左右……大概。」

之所以看了累計連線時間，也無法確定復活時機，是因為她們不知道楓子她們從領土戰空間轉移到無限制空間後，過了多久的時間後才遭到殲滅。

但仁子直覺敏銳，黑雪公主心想既然她估計還剩五分鐘，那應該就差不了太多，於是點了點頭。

到頭來，冰牢中的死亡標記一個都沒消失。

這也就表示，逃出了牢籠的Silver Crow，因為某種理由——多半就是受到震盪宇宙方面的阻撓，無法抵達傳送門。也就是說，他很可能也已經在這一帶死亡。

她絲毫無意責怪Crow。因為想必他也已經竭盡全力。

黑雪公主仰望血紅的朝霞，在心中對心愛的「下輩」呼喊。

——不用擔心的，春雪，我一定會救出楓子他們，也會幫你報仇。再等我一下就好……

她仔細傾聽乾澀的風聲，聽了好一會兒後，才將視線拉回眼底的泉岳寺。

廣場正中央有著巨大的冰牢。牢籠旁就有著「七矮星」Glacier Behemoth與Snow Fairy。牢籠外圍有著十二名震盪宇宙的團員以等間隔站立，維持戒備態勢。不只是地上，上空也牢牢戒備，令人只能佩服。要不是潛伏在地形無法攀登的大樓屋頂，黑雪公主與仁子應該也無法躲過他們的監視長達數十分鐘之久。

「……大家復活，Behemoth與Fairy發動心念的瞬間，就是唯一的勝機。」

黑雪公主輕聲說完，仁子也輕輕點頭。

「嗯……除了我和妳一擊殺了他們以外，沒有別的方法啊。就算是從這裡開火，只要能精準打穿要害，就不是不可能……只是，我的『無敵號』召喚和展開都要花時間。要是等開始復活才喊來就會來不及，要是事前就叫來，奇襲行動就會被他們發現。」

「『和平製造機』的集氣射擊呢？」

仁子朝佩在右腰的手槍看了一眼，一瞬間露出思索的表情，但立刻搖了搖頭。

「如果是四周的護衛還有得說，但Behemoth跟Fairy，就算集到最滿，大概也沒辦法一槍斃命吧。我是很想說我會用心念加強威力，可是我只有本體的情形下，只能動用第一階段的『加強射程』跟『加強移動』。真是的，早知道就應該練好第二階段的……」

人家多半是想接著說出「破壞心念」四字，但黑雪公主下意識中用劍刃平面，輕輕拍了拍仁子的背。

「喂，不要拿我當小孩子看待。」

「嗯？噢，剛剛那下是把妳當小不點看待。」

「是哪裡不一……」

看到紅之王差點喊出來，接著才急忙按住嘴，黑雪公主忍住想說妳果然是個小孩子的衝動，拉回正題。

「不說這個了，只要能召喚強化外裝，他們兩個當中的一個……最好是Snow Fairy，妳就解決得掉？」

「那還用說。可是我剛剛也說過……」

「不用全部。例如只要駕駛艙跟主砲就好的話，幾秒叫得出來？」

「只有這樣可不能動啊……不過反正也沒有推進器，差不了多少啊。我想想，如果只叫兩個零件，有五秒，不，四秒就夠了。」

「唔……」

她再度俯瞰已經化為刑場的泉岳寺，說出一句有一半是對自己說的話：

「……知道了。我殺進去，幫妳爭取這四秒。」

「妳這話就是說，妳要一次對付Behemoth和Snow Fairy兩人……不，要一次對付包括護衛在內的十四個人？」

就連仁子也似乎嚇了一跳，黑雪公主則斬釘截鐵地回答：

「對，Behemoth和Fairy應該都不擅長貼身狀態的近戰。只要能夠不被發現，先發制人，不是不可能辦到。」

「我倒覺得難就難在這先發制人……」

仁子一句話說到一半，先閉上了嘴，然後垂下頭似的點點頭說：

「……………好，就拜託妳了。相對的，召喚強化外裝跟狙擊Fairy，我絕對會成功。」

「好，計畫就這麼定案。還有三分鐘左右是吧……」

「兩分四十五秒。」

黑雪公主對詳細訂正的仁子微微露出苦笑，不改趴在大樓屋頂的姿勢，雙手劍輕輕交錯。

要挑Glacier Behemoth與Snow Fairy發動心念的瞬間攻擊，就非得在他們動手前幾秒鐘，從這大樓屋頂跳出去不可。只要在進入劍砍得到的距離之前，都不被任何人發現，她就有把握用全力攻擊，將這兩人的注意力吸引住四秒。

奇襲的成敗，取決於監視四周的十二人，在她從大樓縱身而出的瞬間，是否會留意上空。如果我方還能多一個人，就可以構思佯動作戰，但缺人就是缺人，沒有辦法。也只能把命運交給上天，衝鋒陷陣。

接下來約兩分鐘的時間，即使是對在加速世界裡見多了驚濤駭浪的黑雪公主而言，仍漫長得讓她覺得前所未有。

相信仁子也是一樣。每十五秒倒數一次剩餘時間的聲音中，也蘊含了壓抑不住的緊張。聽到剩下一分鐘的倒數時，黑雪公主說出了從前不久就一直想著的念頭。

「Rain……仁子，妳聽好了。如果奇襲失敗，我被打倒，妳就用剛才那種心念，從最靠近的傳送門脫身。」

「……嗯，我知道。等回到計程車上，我會扯下妳的神經連結裝置……」

「不對，不是這樣。妳要停下計程車，讓我繼續維持加速……可是，妳自己就不要再進無限制空間了。」

「喂，妳在說什麼鬼話？」

仁子正要反駁，黑雪公主把臉湊過去，用鎮定的聲調輕聲說：

「要是我點數全失，新的軍團就拜託妳了。」

「…………！」

仁子正想反駁，黑雪公主就把自己的頭輕輕碰上仁子的頭。她感覺到這個年紀比自己輕的少女拚命吞下話語，在心中為自己的任性道歉。

過了一會兒，仁子以略顯顫抖的聲調告知：

「還剩三十秒。」

「了解。」

黑雪公主挪開頭，將意識專注在眼底的戰場上。

從死亡標記復活，會伴隨著非常遊戲式的發光特效。只有這一瞬間，哪怕不到一秒鐘，相信監視外側的十二個人，注意力總難免會轉移到身後。

「十五秒。」

她從仁子身旁分開，移動到屋頂最邊緣處。先讓右腳尖端咬進鐵板地面，全身蓄足力道。

一旦朝泉岳寺縱身而下，就要先從空中以長射程的心念「奪命擊(Vorpal Strike)」攻擊Behemoth。要在下墜的同時精準瞄準要害是很困難的，但應該能夠暫時停止對方的動作。同時利用招式的反作用力著地，一口氣接近，製造出零距離混戰的局面。

「十秒。」

黑雪公主繃緊了神經，絕不忽略死亡標記的變化。

但就在這時……

震盪宇宙的一名團員，指著斜上方大喊：

「喂，那個……！」

黑雪公主一口氣喘不過來，但這人所指的，並不是她們兩人所躲的大樓。而是更上空的某種事物……又或者是人物。

黑雪公主與仁子，也默默仰望北方的天空。

星星。不……是人。

一個蘊含著純淨光芒的人影，在染成火紅的雲層背景下靜止不動。長長的洋裝是純白，隨風飄逸的長髮是白銀，背上長長延伸的一對翅膀也是白。不是對戰虛擬角色。也不是活生生的人。那是，公敵——

「……梅……丹佐……？」

彷彿聽見黑雪公主輕聲說出的這句話。

人影閉上的眼睛微微睜開，以黃金的眼眸俯瞰地面，輕輕舉起了右手。

錯不了。那是他們曾在東京中城大樓看過一次的神獸級公敵——「四聖」大天使梅丹佐的本體。

但有田春雪說過，她的本體在與災禍之鎧MarkⅡ的戰鬥中受到重創，目前在芝公園地下迷宮的頭目室內休眠。而這陣子她也的確都只以小小圖示的形態出現，為什麼現在，卻會以本來的模樣出現在這裡？

大天使當然並未回答她剎那間產生的疑問。

取而代之的是，天使讓頭上的光環發出耀眼的光芒，說出了一句像是輕聲細語——卻又彷佛貫穿靈魂的話。

「——『三聖頌』。」

光誕生了。

巨大的光柱穿破厚實的雲層，從天而降。整個空間都染為純白。

正下方的泉岳寺，傳來Snow Fairy的大喊聲。

「『青之斷崖（Great Growler）』！」

緊接著，光柱落到了廣場。

起初，只有一片純白的寂靜往外擴展。但很快就發生了伴隨沉重地鳴聲的震動，劇烈晃動了黑雪公主她們所待的大樓。

位於廣場正中央的冰牢，一瞬間就被蒸發，鋼鐵的地板轉眼間就熱得發紅。參道上並排的柱子與小型祠堂接連融化，又或者是燃燒殆盡。

黑雪公主聽見了幾聲哀嚎。是來不及逃走的震盪宇宙團員，被超高熱的光束吞沒，當場斃命。

二十天前，黑雪公主為了破壞ＩＳＳ套件本體，和黑暗星雲的團員們一起攻略東京中城大樓，切身體認到梅丹佐第一形態所發出的雷射威力之強。本體的「三聖頌」想來在攻擊屬性上是一樣的，但威力與規模都不可同日而語，是稱之為大天使的天罰都不為過的超攻擊——

雷射大約五秒鐘左右就開始收斂，但黑雪公主感受起來卻漫長了好幾倍。

光柱消失後，廣場正中央仍然熱得發紅，各種物件的殘骸也都起火燃燒。新出現的四個死亡標記，應該就是屬於當場斃命的震盪宇宙團員吧。

冰牢融化消失之處，當然還是留著十五個死亡標記。而在這些標記附近有個奇妙的物體。

一個蒼白通透的立方體。這個邊長達到三公尺以上的巨大方塊之中，關著一大一小兩個人影。

黑雪公主終於察覺到，這兩人就是Snow Fairy，以及把巨大身軀縮到最小的Glacier Behemoth。被那道雷射打個正著還能存活，的確讓人只能震驚，但這兩人沒有要離開方塊的跡象。想來他們就是靠著用心念將自己凍結在冰塊裡，才得以避免當場斃命的下場，但卻弄得無法自行逃脫。不，應該說這一招就是對自己施加這樣的限制，才得以發揮超高防禦力的類型。

立方體冰塊雖然受到高熱侵襲，讓頂端與邊緣都融化，但除非從外側造成損傷，否則多半沒這麼快就損壞。既然如此，剩下的敵人就只有逃出廣場的八個人。

當黑雪公主想到這裡，仁子發出了幾乎不成聲的聲音。

「有夠誇張……那個大姊姊是誰啊？」

對喔，仁子這些日珥組的人都還不知道梅丹佐的事情——黑雪公主發現這件事，猶豫著不知道該如何解釋。但她尚未決定，廣場上就有了新的動向。

在中央靜靜旋轉的十五個標記，開始發出了五顏六色的光。

「她也是黑暗星雲的團員。詳細情形之後再跟妳說，現在更重要的是，Raker他們要復活了。」

「嗯……真是的，我們剛才拚命訂出作戰是在辛苦什麼的啦。」

「別這麼說，他們還不是一樣得救了嗎？」

黑雪公主輕輕拍了拍仁子的背，站了起來。

抬頭一看，大天使梅丹佐在上空緩緩拍動翅膀。但她閉著眼睛的美麗容顏，卻顯得有些難受。

也許剛剛那一下「三聖頌」，又讓她用了太多力量？

而且，梅丹佐應該附在Silver Crow身上，那他又跑哪兒去了？

黑雪公主冒出新的疑問，環顧四方，但看不見Crow的身影。

「喂，不要四處張望了，去跟大家會合吧。」

聽到仁子這麼說，把視線拉回來一看，正好死亡標記正開始一一轉變為對戰虛擬角色。

除了被困在冰塊裡的Fairy與Behemoth，泉岳寺周邊還潛伏著多達八名敵人。想來這些人實力不如「七矮星」，但肯定也都是高手。首先就得和復活的Sky Raker他們會合，殲滅敵人，確保安全才行。

「好，我們走。」

仁子轉身背對點頭的黑雪公主。

「來，揹揹。」

「…………啥？」

「就算是妳，從這個高度直接跳下去，也不會沒事吧？我用心念帶妳下去。」

「…………」

在軍團成員面前，像個小孩子一樣被人揹著，會非常難為情。但只為了用反作用力抵銷下墜速度，就要動用搶眼的心念或必殺技，卻也讓她有所遲疑。

「……妳到了可要趕快放我下來。」

黑雪公主說著，就要忍辱讓這個嬌小的虛擬角色揹起自己。

但這次她又再度未能完成行動。

她忽然在風中，感覺到有股氣味。乾澀的紙張與紅茶的芬芳。大版型的精裝本書籍……用阿薩姆CTC紅茶泡的皇家奶茶。

「惠…………？」

黑雪公主以沙啞的嗓音喃喃自語，轉動視線。

泉岳寺的北側，有著唯一一棟孤立的細長大樓。這就像高塔一樣尖銳的大樓頂端，出現了一個人影。

這個人影的輪廓有著特色鮮明的鴨舌帽造型大型帽子與蓬起的裙形裝甲，與記憶中若宮惠的對戰虛擬角色完全一致。籠罩嬌小身體的淡粉紅色光芒，多半是心念的過剩光。

這個虛擬角色高高舉起右手的錫杖，發出像是承受著痛苦的聲音。

「『範式變革（Paradigm Revolution）』。」

錫杖發出彩虹色的光芒，從幾乎就在正上方懸停的大天使梅丹佐身邊不遠處通過，貫穿了染上朝霞色彩的雲。

世界再度震動。

搖曳的七色極光急速散播開來，穿過擺出戒備態勢的黑雪公主等人，繼續往後方擴散。雲層的色彩改變，從血一般的紅色——變成瘴氣般的紫色。

接著地形的造型也面臨了改變。有如刀劍般以直線為主的魔都空間建築物，開始扭曲成奇怪的方向，長出尖銳的棘刺。黑雪公主等人的腳底下，鋼鐵地板也有如生物般脈動，分成多節，長出無數釘子般的尖刺。

「Rain，抓住我！」

黑雪公主反射性地伸出右手，把仁子的虛擬角色拉了過來。從先前的狀況急轉直下，紅之王被黑雪公主抱在胸口，尖聲嚷嚷：

「這……這是怎樣！發生什麼事了？」

「強制變遷……是『地獄』屬性！」

黑雪公主這麼叫道，接著把視線移向位在地面上的同伴們。

黑暗系最高階的地獄屬性，存在著許多凶惡的機關，其中之一就是「室外一律為傷害區」。除了建築物與迷宮內部之外的所有地面上，都變成鋼鐵棘刺、毒沼澤、酸液沼澤、熔岩等地形，光是站著都會受到損傷。

若是在正規對戰中抽到地獄屬性，就只是會早點分出勝負，觀眾們反而會因為抽到極為稀有的場地而高興，但萬一遇到無限制中立空間變遷為地獄，那就真的是如字面意思所說的地獄。若是附近不存在建築物可以躲避，也沒有方法能夠對應傷害區，就會被迫在連續死亡中尋找安全地帶。

所幸Black Lotus的「常態懸浮移動」特殊能力，能夠讓大部分的傷害區失效，但同伴們就不能這樣了。她從大樓探出上身，正要指揮剛復活的團員們說「逃進建築物內！」，然而——

抱在懷裡的仁子，搶先一步大喊：

「啊……天使大姊姊她！」

「……？」

黑雪公主迅速仰望天空，大天使梅丹佐失去了籠罩全身的光芒，就像中了箭的天鵝一樣，散落無數羽毛往下墜落。

她的居城芝公園地下迷宮，有著能夠將內部化為地獄空間，讓梅丹佐弱化的機關。相信這個機制對本體也一樣有效，光是存在於這個空間的這件事本身，都會不斷從本來就因為動用「三聖頌」而元氣大傷的梅丹佐身上奪走力量。

這個結果不可能是出於巧合。

也就是說，白之團——白之王White Cosmos，連大天使梅丹佐的介入都預測到了。

那麼憑Cosmos的作風，不可能只封住梅丹佐的力量就甘心。她肯定會使出更進一步的手段，試圖解決梅丹佐的本體。

該去救被傷害區吞沒的團員們，還是正在下墜的梅丹佐，讓黑雪公主猶豫了。

她猶豫之餘，也在內心呼喚。

——Silver Crow……你在哪裡！

＊＊＊

奈胡志帆子／Chocolat Puppeteer，在進攻團隊的十四個人當中是第一個死的。也因此，她也比其他同伴早了幾秒復活。

就是這幾秒鐘給了她緩衝，讓她即使面臨接連發生的意外事態，都來得及因應。

在即將復活時落下的光柱，一瞬間就融化了困住志帆子等人的冰柱，還讓強敵Glacier Behemoth與Snow Fairy將自己凍入冰塊之中。本以為無限PK的危機已經過去，但志帆子剛復活，極光的柔紗就再度張開，讓空間發生了變遷。

從冰冷而滿是平板金屬的魔都空間，轉變為志帆子從未見過的醜惡荒涼空間。地面伸出無數尖銳的棘刺，當志帆子感受到腳底傳來尖銳疼痛的瞬間，立刻領悟到這是威力強大的傷害區，而且要是不想辦法因應，復活的眾人又會再度受傷。

換成是正常的變遷，所有死亡標記都會跳過等待時間，當場瞬間復活，但幾乎所有標記都並未發生變化。這次變遷果然是有人意圖引發的，最極致的非正規現象。

幾乎同時死亡的剩餘與結芽已經復活，在棘刺上痛苦得表情扭曲。即使想用跑的躲進廣場外的建築物，附近應該也還潛伏著從當初那次超大規模雷射攻擊下存活下來的震盪宇宙團員，以少人數逃脫，等於是請敵人個個擊破。

——現在得由最先復活的我想辦法處理才行。

志帆子想到這裡，視線瞥向自己的體力計量表。

由於棘刺造成每秒約一%的損傷，必殺技計量表也在慢慢增加，但她沒空等因為復活而歸零的計量表重新集夠。她做出覺悟，投身於滿是棘刺的地面。

「嗚啊……！」

全身被火燒似的劇痛讓志帆子忍不住呻吟，但她仍咬緊牙關，維持姿勢忍耐。

「巧克！」「妳做什麼！」

聖實與結芽就要跑向她，但她舉起左手制止，站了起來。體力計量表幾秒鐘內就減少了將近一半，但必殺技計量表已經集到需要的量。

「『可可湧泉』！」

她在喊出招式名稱的同時，雙手朝向地面，就有咖啡色的巧克力從棘刺的根部湧出，迅速擴散開來。眼看巧克力即將涵蓋到所有同伴的死亡標記，立刻轉頭看向Mint Mitten。

「敏敏，冰凍！」

長年的好友似乎已猜到志帆子的意圖，讓裝備大型手套的雙手接觸到巧克力沼澤，大喊：

「壓縮汽冰（Vapour Compression）！」

Mint Mitten的主要戰法，就是用「薄荷醇拳（Menthol Blow）」與「冰素猛擊（Icilin Strike）」等冰感招式，讓對手的行動變得遲鈍，再以格鬥戰打倒對手。但這些招式終究只是讓人產生冰冷的錯覺，並不會實際發生凍氣傷害，當敵人發現這個機關，就會拚著一口氣衝過來。

用來對這種敵人迎頭痛擊的，就是第三種必殺技「壓縮汽冰」。這是一種用雙手內藏的壓縮機進行汽化冷卻，瞬間製造出真正凍氣的招式，要是噴個正著，就能在對目標造成損傷的同時，將對手全身關節可動部位冰凍。威力雖不如Glacier Behemoth的「冰獄的嘆息(Sigh of Cocytus)」那麼凶惡，但現在有這招就夠了。

Mitten的肩膀噴出蒸汽，雙手射出蒼白的凍氣，遮住了巧克力。巧克力沼澤吞沒棘刺，瞬間冰凍，讓傷害區失去作用。

緊接著，Olive Glove與Bush Utan復活了。

兩人一恢復實體，就同時舉起拳頭大喊：

「竟敢……」

「幹這種好事的咧——！」

兩人說著就要撲向志帆子等人身後聳立的巨大冰塊立方體。

「啊……等……等一下，小烏！」

志帆子趕緊要阻止他們。

這個邊長有三公尺以上的立方體冰塊之中，關著把龍一般巨大的身軀蜷縮到極限的Glacier Behemoth，以及被他抱在懷裡的Snow Fairy。創造出這個冰塊的人就是Fairy自己。她是在破壞力驚天動地的雷射落下之前，先把自己關在冰塊裡，才得以免於當場斃命的下場。

也怪不得Utan他們會想趁這兩人還躲在裡面時圍攻，但這兩人多半不是不行動，而是動彈不得。正因為這冰塊強化到硬得從內側打不壞的地步，才抵擋得住那種雷射打個正著的威力。也就是說，從外側攻擊來破壞冰塊，難保不會反而幫了Fairy他們。

志帆子猶豫了，不知道該如何對怒髮衝冠的Utan與Olive解釋她的這番推測。但她尚未再度開口，聖實與結芽已經行使武力，架住了他們兩人。

「不可以踏出巧克力池！」

「踏到棘刺會受傷的！」

這些警告，似乎讓Utan他們總算注意到巧克力地帶之外填滿了凶惡的尖刺。他們連連眨著鏡頭眼，然後仰望深紫色的天空，全身一震。

「這……這該不會是……」

「傳聞中的地獄空間嗎……？」

聽到這句話，聖實她們也表情僵硬。

「咦……地獄空間……？」

「我還是第一次看到……」

當然志帆子對於這黑暗系最高階──也就是所有空間屬性中被評為最凶惡的地獄空間，也是第一次親眼看到。她試圖回想這種空間中有些什麼機關，但腦幹發麻，思緒無法順利連接起來。

是巧合？大概不是。那麼是白之團把「魔都」變成了「地獄」？怎麼做到的？為了什麼……？

志帆子正茫然仰望這有著異樣顏色的天空，呆呆站著不動——

卻突然有兩個聲響飛進耳朵。

像是用蠻力撕開整疊鐵板似的，異樣的共鳴聲。

以及沙啞的叫聲。

「危險！」

就在她被人從後按倒的下一瞬間，一道顏色黑濁的光線從頭上通過，射在廣場北側的地面上。先是一團黑暗膨脹，然後噴發出形狀異樣的爆炸火焰。

護住志帆子的是Magenta Scissor——小田切累。

現在回想起來，先前Snow Fairy施展「白色結局」時，Magenta也試圖保護志帆子。她自己明明也才剛復活，卻能第一個察覺到危險而做出行動，證明了她在死亡期間仍不斷冷靜思考。

——剛認識的時候她是個可怕的敵人，可是……她果然好厲害。

志帆子一邊產生這樣的感想，一邊就要對累道謝。

「這個，Magenta姊，謝謝……」

「有話晚點再說，事情不妙了。」

聽她輕聲這麼一說，志帆子才注意到事情不對勁。剛才射來的黑色光線，到底是誰發射的？是為了避開一開始那道大規模雷射而從泉岳寺撤退的震盪宇宙團員回來了嗎？

志帆子在Magenta的攙扶下起身，她看見的是——

從南側入口進入廣場的，巨大得有如排山倒海而來的人型輪廓。

身高遠遠超過Glacier Behemoth，相信應該高達十公尺。姿勢前傾，雙手很長，頭上長著螺旋狀的角。

沉在影子裡的臉上，只有兩眼有如熾熱的火一樣紅。正懷疑是否真的是對戰虛擬角色，仔細凝視，就看到巨人頭上浮現出四條平行的綠色橫線。

那是體力計量表。但在無限制中立空間裡，對戰虛擬角色的計量表是看不見的。也就是說，這個巨人是公敵，而且有著足足四段計量表，也就表示……

「是神獸級……？」

志帆子的這句話，由不知何時已經復活的Aqua Current做出了回答。

「不是。那是……邪神級（Devil）。是只會在地獄空間出現的，超高階公敵。」

平常總是一派鎮定的Current，聲調中也蘊含了幾分緊張。Cyan Pile來到她身旁，以同樣緊繃的聲音說：

「一波未平，一波又起……是吧。」

而他身旁又有Ash Roller在低聲驚呼：

「這可是從Frying pan到Into Fire啊……」

巨大的惡魔，以燃燒著深紅色火焰的雙眼，俯瞰志帆子等人，一步一步走近過來。面臨這種從未感覺過的壓力，她忍不住想立刻拔腿就跑，但並非所有人都已經復活完畢。現在復活的有九個人，剩下五個人應該也會在幾十秒內復活，但在這個狀況下，就顯得無比漫長。

公敵慢慢走近，發出奇怪的聲音。

「」

歪七扭八的兩根犄角產生了漆黑的電流。伸手扶在志帆子背後的Magenta尖銳地呼喊：

「又要來了！大家快躲！」

所有人都迅速做好防備，但志帆子與聖實創造出來的巧克力安全地帶，直徑不到十公尺，很難遠遠跳開。

電光火花在邪神額頭前凝聚成一小團，然後從中再度化為暗色的雷射激射而出。這道光線發出生物哀嚎般的奇異巨響射來，九人拚命躲了開去。

雖然幸運的是沒有人被打個正著，但光線掠過離他們稍有距離的立方體冰塊，往北穿了出去，再度引發大爆炸。

「不妙，冰塊會……！」

喊出這句話的是Cyan Pile。志帆子急忙凝神觀看這藍色的立方體，看見光線掠過的地方發生了一道裂痕。要是再被光線射中一次，多半整個立方體都會碎裂。

要是現在被放出來，不知道Behemoth和Fairy會怎麼做？是會無視邪神的存在，再度發動心念，試圖殲滅黑暗星雲？還是說會像其他八個人那樣，逃往安全的所在？又或者……會為了打倒邪神而暫時休戰，和志帆子等人並肩作戰……？

第三個可能性，是存在的嗎？

就像現在累拚命保護志帆子，他們和震盪宇宙的團員相互了解的未來，是否也是有可能實現的呢？

志帆子將目光從持續接近的邪神身上移開，仰望被封在背後立方體的兩名超頻連線者。

但不知不覺間已站在身旁的Aqua Current，彷彿要斬斷志帆子的迷惘，以嚴厲的聲調說：

「不行。他們不會幫助我們。因為……」

她把視線拉回南側的公敵身上。

「……把這裡變成地獄的，以及操縱那隻邪神級公敵的，都是震盪宇宙。」

「操……操縱……？」

她茫然複誦，Current就以覆蓋著流水的右手，指向公敵的頭部。

「額頭上，看得到銀色的冠說。」

「啊……真的呢……」

志帆子凝神一看，也就跟著看見了。的確，螺旋狀扭曲的犄角下，嵌著一種金屬冠。除此之外並不存在任何其他裝飾品，所以以怪獸造型來說，的確顯得突兀。

「那是震盪宇宙馴服公敵時所用的物品。也就是說，那隻邪神不會攻擊Fairy他們。」

「…………！」

志帆子用力握緊了焦茶色的雙拳。

以為也許可以並肩作戰，這個想法比白巧克力還甜（註：「甜」在日文中也可用於指「天真」）。震盪宇宙不擇手段，想將黑暗星雲從加速世界中徹底消滅。他們是最終極的敵人，除了透過戰鬥擊敗他們以外，別無他法。

「……我明白了。」

幾乎就在志帆子這麼回答Current的同時，前日珥「三獸士」的Cassis Moose與Thistle Porcupine，以及黑暗星雲「四大元素」的Ardor Maiden都復活了。三人似乎已經掌握住這四面楚歌的狀況，Cassis踏上前去，高高抬起巨大的犄角呼喊：

「要和邪神級打，待在這裡太不利了。三十秒後我們往北移動！」

「可是Cassis哥，四周全都是傷害區！」

Maiden指出這一點，Cassis毫不猶豫地回答：

「尖刺有波奇會想辦法！」

「唔嗯嗯，不要整個推給我！」

Thistle Porcupine雖然立刻反駁，但一回頭就吩咐志帆子等人說：

「我來開路，大家準備衝刺！」

眾人齊聲答應。

兩秒後，剩下的兩個死亡標記相繼籠罩在光芒中，進攻團隊的隊長與副隊長，Sky Raker與Blood Leopard復活了。

一秒後，邪神級公敵三度進入發射黑暗光線的態勢。

「準備閃避……」

Cassis Moose喊到一半，志帆子就忘我地對他尖叫：

「不可以！方塊已經進入射線！」

要是光線再次命中，立方體冰塊就會被破壞，Behemoth與Fairy也會被解放出來。要是被一隻邪神級公敵與「七矮星」當中的兩人夾擊，再度全軍覆沒的可能性會很高。

「唔唔……」

Cassis低吼，改由Sky Raker發出堅毅的喊聲：

「能以心念防禦的人上前！說什麼也要擋下來！」

Aqua Current與Cassis Moose立刻並肩站到Raker左右。

Current、Cassis、Raker，分別籠罩在水色、紫色與綠色的過剩光之中。

相對的，邪神級公敵則在十公尺的高度咧嘴一笑——看似是笑。

「」

漆黑的電光一口氣濃縮。

「急流漩渦（Maelstrom）！」Aqua Current呼喊。

「掘鑿推土鏟（Dozer Blade）！」Cassis Moose呼喊。

「庇護風陣！」Sky Raker呼喊。

以超高速呈漩渦狀轉動的水化為圓盤狀的盾，上下長出粗獷尖刺的鐵板陷進地面，綠色的風化為圓頂罩住所有人。這是最強水準的高等級玩家所組成的三重心念屏障。怎麼想都不覺得加速世界當中，存在著這樣還擋不下來的攻擊。

然而……然而。

志帆子，以及其他十三人，多半都忘了咖啡色安全地帶一小段距離外，靜靜旋轉的第十五個死亡標記。

這個並未被任何人發現，在眾人不知不覺間復活的象牙色對戰虛擬角色，慢慢舉起了右手。一小時前也曾聽過的那種，不帶感情的乾澀喊聲響起。

「『虛數時間』。」

志帆子感覺到這種無聲無光也不帶震動的空虛薄膜，就像泡泡一樣擴大。

消除心念的心念。

不妙，非常不妙。在這樣下去，不只是Sky Raker他們的三重屏障，連封住Fairy與Behemoth的冰塊立方體都會消滅。

「那傢伙……！」「糟了……！」

似乎是想到了同一件事，Magenta Scissor從兩邊腰間解下大型小刀，Cyan Pile則舉起了右手的打樁機（Pile Driver）。但眼看是來不及——

「『奪命擊』！」

她覺得聽見了另一個新的喊聲。不，也許是喊聲化為思念，撼動了志帆子的靈魂。因為如果真的喊出招式名稱，根本趕不上這個時機，而且這個嗓音的主人也不應該出現在這裡。

可是——

一道深紅色光線從志帆子等人後方，夾帶著金屬震動聲響，以驚人的速度刺在象牙色對戰虛擬角色的右腰，在長袍狀的裝甲上深深刺出一個洞。

眼看就要吞沒心念屏障的無色泡泡，無聲無息地破裂消失。

緊接著，邪神發射出漆黑的光線。

Aqua Current的水壁首先迎擊，抵抗了兩秒左右之後遭到貫穿。接著Cassis Moose的鐵壁維持了三秒左右，仍然遭到貫穿。

最後由Sky Raker的風壁擋住黑色的光，激盪出劇烈的火花，承受了四秒，五秒……光線隨即漸漸變細，衰減得斷斷續續，終於消失。

「Giga cooooooool！不愧是Raker師父！」

Ash Roller大聲呼喊，Bush Utan在他背上連連拍打。

「別說這個了，大哥，剛才的攻擊是……？」

志帆子也和他們同時轉身。

結果看見有個人影攤開雙手，身體前傾，不把傷害區看在眼裡，以高速滑行的方式從廣場的東北方接近。

即使在地獄空間微弱的光系下，仍認得出那黑水晶般深層透光的半透明裝甲、從四肢延伸的銳利劍刃，以及在護目鏡下犀利發光的藍紫色鏡頭眼。

黑之王「絕對切斷」Black Lotus。

「蓮姊……為什麼……？」

Ardor Maiden像是在替所有人代言震驚的心情，而黑之王只回以默默點頭。

黑雪公主確實在西新宿，下了眾人所搭乘的公車。即使搭到下一班公車，能否趕在領土戰爭開始時間之前進入港區第三戰區也相當難說，而且她到底是為了什麼理由追來的？在那個時間點上，應該不可能看出白之團所安排的這個大費周章的圈套。

志帆子茫然觀望的視線所向之處，黑之王繞過安全地帶停住，與象牙色的對戰虛擬角色對峙。

「真沒想到你會親自出馬啊，Ivory Tower。」

身材有如高塔般高瘦的虛擬角色，並不立刻回答黑之王的呼聲，而是朝開出大洞的右腰瞥了一眼。在無限制空間裡受到那麼重的傷，理應會感覺到劇烈疼痛，而且又是站在尖銳的棘刺上，他卻若無其事到了令人難以置信的地步。

Ivory Tower這個名字，有寫在作戰備忘錄上。他在「七矮星」中排名第四，卻擔任白之王的全權代理人，是個充滿神祕的超頻連線者。

Ivory將視線拉回來，彷彿絲毫不覺得疼痛，以很少起伏的平板聲調說：

「這是我要說的台詞呢，Black Lotus。妳到底是來做什麼的？」

「那還用說？我是來打垮震盪宇宙……不，是打垮加速研究社的企圖！」

「原來如此，是我問得笨了。我應該問妳，為什麼要來……虧我們本來並不打算把妳捲進接下來才要開始的真正地獄。」

Ivory Tower說出這幾句令志帆子無法立刻聽懂的話之後，露出了先前藏在長袍狀裝甲當中的右手。

一看到他手上握住的白色手杖，Sky Raker立刻大喊：

「那個……難道是！」

那件強化外裝，看似不足以讓Raker這麼老資格的超頻連線者震驚。長度約八十公分，整體形狀極為單純，只有杖頭鑲嵌著一顆銀色的球體。

Ivory Tower舉起這把杖的瞬間，Black Lotus再度有了動作。

「『奪命擊』！」

她右手劍快如電閃地刺出，以一點都不像是心念攻擊的速度，射出了深紅色的長槍。

但這必殺的一擊即將穿透Ivory Tower右肩之際，卻被一隻從天而降的巨大手掌遮住。

是不知不覺間已經相當接近的邪神級公敵伸出左手，護住了Ivory。深紅色的長槍深深刺進厚實的手掌，但並未貫穿，邪神也沒有受到多少損傷的跡象。

巨大的手掌順勢抓起Ivory Tower，高高舉起，放到左肩上。志帆子留意到Ivory杖上所鑲嵌的球體，和陷進邪神額頭的冠，發出了完全相同的銀色光輝。

「錯不了……那是神器『The Luminary』。」

聽楓子這麼說，Thistle Porcupine有了反應。

「真的假的？造型根本像玩具！」

「七神器會隨持有者改變形狀。也就是說，系統上的所有者，也換成了Ivory Tower……」

四號星的神器The Luminary，是由加速研究社，也就是白之團所持有，這點早已揭曉。那麼所有人當然就是白之王White Cosmos，但Cosmos是否為了今天這次作戰，就把獨一無二的強化外裝讓渡給了部下呢？

是來真的。他們徹徹底底是來真的。他們不惜動用一切手段，試圖摧毀黑暗星雲。

接下來的事情彷彿是要證明志帆子的戰慄沒有錯。

Ivory Tower從高得需要仰望的邪神肩膀上，再度舉起了杖。銀色寶珠發出耀眼的光芒，邪神頭上的冠也呼應似的閃爍……

接著，新的地動聲撼動了志帆子的雙腳。

不是只有廣場南邊的正門。東方、西方，以及北方的入口，也都有巨大的影子正在接近。

有人型、有龍型、有牛型、有狼型，也有魷魚般的形狀。

數量多半達到十隻。每一隻都巨大得無以復加，醜陋得無與倫比——而且頭上無一例外，全都有那種銀色的寶冠在發光。

「邪神級……有那麼多……」

發出這低聲驚呼的人是Cyan Pile。連平常很吵鬧的Ash Roller也只喃喃說了句「Tera suck……」。志帆子、聖實與結芽，更是聚集在一起，連話都說不出來。

「Fairy的『白色結局』，是我們向各位表達的，最起碼的敬意與慈悲。」

人型邪神的肩上，Ivory Tower以一貫的無機質，卻又帶著點憐憫似的聲音。

「畢竟那招可以讓人就像睡著了一樣靜靜死去。相對的，Fairy和Behemoth得專注幾十、幾百個小時，我也會一起陪各位死個不停，但我們仍然選擇這麼做。但各位拒絕了慈悲，結果就是現在這樣。」

邪神群彷彿被發出光芒的杖所吸引，一步又一步地接近。天上有著渾黑的雲在翻騰，斷斷續續閃出雷光。

「……各位會死在地獄的棘刺與邪神們的暴虐之中。痛苦會持續到最後一人點數全失為止。然而，選擇這條路的，是各位自己……」

十隻邪神級公敵將志帆子等人團團圍在中央，發出「[illegible]」、「[illegible]」等奇怪的叫聲。唾液從長牙滴落，無數觸手劇烈扭動。

「自己選的？這的確很像是你們會說的台詞啊。」

黑之王雙手劍一前一後擺好架式，發出強烈迴盪的聲音：

「『災禍之鎧』和『ISS套件』，也都是被寄生的當事人自己的選擇，你們就是打算這麼說吧？但你們錯了。你們巧妙地操縱許多超頻連線者，製造出逼得他們走投無路，別無選擇。可是，不要以為這招永遠都會管用。今天，我們黑暗星雲，就會打破你們的圖謀！」

聽到這毅然決然的宣言，Ivory Tower把鏡頭眼瞇得像絲線一樣細，簡短地回應：

「這才實實在在是愚蠢的選擇……」

邪神群彷彿等不及殺戮的瞬間，慢慢踏上前來。緊繃到極限的空氣，就像帶電似的震動。

忽然間，起身護著志帆子她們的Magenta Scissor，以極小的聲音說：

「巧克……不，休可，我說什麼也會掩護妳們脫身。」

Magenta Scissor如此宣告，裝甲開始帶有紅色的光。對戰虛擬角色會在施展必殺技以外的時候發光，理由就只有一個。心念的過剩光。

志帆子先眨了眨眼，然後右手輕輕放到Magenta背上，用本來的口氣回答：

「叫我巧克就好，Magenta姊。謝謝妳……可是，我，還沒死心。」

Magenta嚇了一跳似的回過頭來，志帆子看著她那被絲帶狀裝甲遮住的臉說：

「一定，還有能做的事。因為我相信……不管處在多麼絕望的狀況下，一定還有活路。」

「…………妳好堅強，巧克。」

Magenta淺淺露出微笑，而這一笑似乎就成了信號，讓加入了黑之王的十五人一起擺出架式。

Ivory Tower在公敵肩上，將The Luminary舉得更高了。

「那麼……再見了，黑之團的各位。」

神器往下一揮，十隻邪神發出震耳欲聾的凶猛咆哮。

6

「嗚……！」

著地的同時，尖銳的疼痛貫穿右腳，讓春雪忍不住小聲呻吟。

Silver Crow屬於金屬色角色，對尖刺類的傷害區有著不差的抗性。然而一旦用力踩踏，或是跳躍落地，在先前變遷的同時鋪滿整個地面的無數棘刺，就會有一部分刺穿腳底，帶來尖銳的疼痛與傷害。

而與春雪對峙的對戰虛擬角色，則彷彿當作棘刺不存在似的，若無其事地直立不動。理由就是她苗條的雙腳腳尖各伸出兩根尖刺，腳跟也各有一根刺針往下延伸，讓地面的棘刺刺不到她的腳掌。

尖針不是只有鞋底才有，膝蓋、手肘、肩膀，以及細得驚人的軀幹，都有尖銳的刺閃閃發光。造型優美的女性型虛擬身體上有著無數尖刺點綴的模樣，搭配上一身玫瑰紅的裝甲色，實實在在就是玫瑰的意象。

女性形虛擬角色嬌美的面罩輕輕一歪，發出婉約的嗓音：

「對不起喔，這裡不能放你過去呢，鴉同學。可以請你去別的地方嗎？」

她的語氣與稱呼都和Sky Raker很像，讓春雪一時間反應不過來。他朝聳立在玫瑰虛擬角色後方的尖塔抬頭瞥了一眼，鼓舞自己的鬥志，然後拉回視線回答：

「這我辦不到。既然是由妳這種等級的人在把關，那我就更不能不去。」

「哎呀，你知道我是誰？」

「……『七矮星』排名第三的，Rose Milady。」

春雪說出黑雪公主備忘錄上的名字，玫瑰虛擬角色就微笑著點了點頭。

「答對了，雖然也有人叫我『暴躁鬼（Grumpy）』就是了。」

她和這個外號很不相稱，態度上也完全沒有高壓之處，但肯定是不容大意的對手。畢竟春雪已經在Rose Milady的第一次攻擊之下，就喪失了飛行能力。

春雪等人成功攻略了芝公園地下迷宮的最終頭目——大天使梅丹佐第一形態後，與終於得到解放的第二形態——也就是梅丹佐的本體一起離開迷宮，一路回往泉岳寺。

春雪只抱住Trilead，Lime Bell則請梅丹佐帶著飛，所以幾乎能夠用全速飛行。

他們飛越大學校園，沿著第一京濱道路南下，總算逐漸看得見終點。就在這個時候，春雪在移動聳立於泉岳寺北側的細長大樓屋頂上，發現了一名超頻連線者。

那淡粉紅色的裝甲色，無疑就是先前消失了一陣子的那位，將領土戰爭空間轉變為無限制空間的女性型虛擬角色。春雪直覺感到，她之所以再度現身，是為了引發新的超現象。同時也直覺猜到，這種現象會將黑暗星雲推入更加萬劫不復的困境。

然而楓子與拓武他們的復活時間已經逼近到只剩幾分鐘。歷經剎那間的躊躇後，春雪決定請梅丹佐單獨先趕去，於是接過千百合，三人一起朝關鍵所在的屋頂前進。

但就在他接近到只剩不到一百公尺處時，屋頂上突然發射出大量的某種物體，他未能完全閃開，兩邊的翅膀都被貫穿。當他看出那是一種長達20公分的尖刺，已經是在地面軟著陸之後的事了。

接下來，接連發生了幾件事。

南邊的泉岳寺方面，有光柱——多半就是梅丹佐的「三聖頌」從天而降。

春雪等人正要前往的大樓屋頂上，再度有極光之環往外擴張，將魔都空間化為他們從未見過的，到處都是傷害區的邪惡空間。

接著這個玫瑰色的對戰虛擬角色，就在他們三人眼前現身。

春雪讓已經因為棘刺而持續受到傷害的Lime Bell與Trilead，退避到後方的建築物，自己試圖先發制人，但他一個箭步猛力踏上道路上長得密密麻麻的棘刺，腳底的裝甲就被刺穿，停下了他的動作。

也就是在這時，疑似從大樓下到地面的玫瑰虛擬角色開口跟他說了話。春雪一邊和「七矮星」中排名第三的Rose Milady對峙，一邊努力掌握現況。

梅丹佐的「三聖頌」既然發射出去，那麼楓子等人在泉岳寺寺地內成功復活的可能性就很高。相對的震盪宇宙方面，應該受到了相當大的損傷。即使是Snow Fairy與Glacier Behemoth，春雪也不覺得他們有辦法在那麼大規模的超超雷射攻擊中存活。

另一方面，最令他掛心的就是透過新的變遷而出現的這個空間屬性。春雪成為超頻連線者至今也過了九個月，等級也升上了6級，從沒見過的空間屬性應該已經所剩無幾。但他就是沒見過這個屬性，這也就表示，現在的屬性很可能是黑暗系的最高階，也就是「地獄」屬性。

在地獄中，大天使梅丹佐的力量將會被大幅削弱。相信即使是本體，也躲不過這個限制。梅丹佐本來就尚未完全復原，卻又以全力發射了三聖頌，這樣的她在這種瘴氣之中，會不會非常痛苦——

一想到這裡，春雪就想立刻趕往泉岳寺，但聳立在眼前的尖塔也不能忽視。待在這座塔頂上的超頻連線者，就是那令人驚奇的變遷能力者。「七矮星」之一會放棄主戰場而待在這裡防守，這個事實也述說著待在上面的人物就是震盪宇宙的王牌。春雪說什麼都必須趁這個人再度銷聲匿跡之前，想辦法打倒。

「……妳很強，這我了解到不想再了解。可是，我還是要過去。」

春雪正視Rose Milady的白色鏡頭眼，做出宣告。

玫瑰虛擬角色露出淡淡的微笑，問出了一個令他意想不到的問題。

「你們還活著，也就表示你們打倒了Shadow Croaker吧？」

春雪一瞬間先覺得不解，接著想到那多半就是在品川車站附近的旅館屋頂跟他打過的忍者虛擬角色名稱。他默默一點頭，Milady的笑意就更深了。

「那麼，你們也相當強呢。可是，贏不了我。這裡已經不是平常的領土戰爭空間。震盪宇宙……還有BRAIN BURST可沒那麼簡單，沒有簡單到會讓你這種小孩子，在不擇手段的廝殺中打得倒『七矮星』。」

她這話不是恫嚇，而是發自本心，這點春雪也聽了出來。

Rose Milady無疑是Sky Raker與Blood Leopard級的高手，對這樣的對手挑起不擇手段——也就是心念對心念——的戰鬥，春雪的勝算是萬中無一，不證自明。

然而現在泉岳寺方面，復活的同伴們應該已經展開對震盪宇宙的反擊。春雪不能讓更進一步的變遷，妨礙他們的努力。雖然很難想像會有比地獄空間更可怕的逆境，但沒有任何人可以保證此時此地的狀況就已經是「最壞」。

——用實力開路！

春雪正要喊出這句話。

但退避到後方建築物的千百合快了一瞬間大喊：

「Crow，你看那個！」

春雪反射性地轉身一看，看見不得了的光景。

一群低矮的大樓後頭，有著巨大得嚇人的影子在移動。之所以聽不見腳步聲，多半是因為那是一種魷魚般的軟體動物，扭動無數觸手以滑行方式行進。這些生物的全高相信高達十公尺。如果這裡真是地獄空間，那麼這肯定就是先前藍之王在七王會議上提過的「邪神」級公敵。春雪等人明明應該已經進入這些公敵的攻性化範圍，公敵卻對他們看都不看一眼，直線南下。

春雪留意到邪神尖形的頭部上，嵌著銀色的冠。這些公敵也和據守在品川車站的公敵一樣，是受到震盪宇宙方面的操作，朝泉岳寺前進。為的是在黑暗星雲團員復活後，將他們再度殲滅。

「我說啊，鴉同學。」

被Rose Milady叫到，春雪再度轉過身去。

這名一身玫瑰紅豔麗過火的虛擬角色，讓點綴全身的銀色尖針亮出閃光，以話中有話的語氣說：

「這已經不是憑你的力量就能改變的狀況了。你跟他們兩位立刻離開這裡，跑到沒有公敵的地方去，一直躲到一切結束為止。這樣一來，也許你們幾個可以得救。」

春雪領悟到她這番話也不是恫嚇或虛張聲勢，而是真正的忠告。

但他不能乖乖聽話。要是現在逃避，即使活了下來，他也將不再是超頻連線者。

春雪並不答應，而是定睛看著Milady的鏡頭眼，問起：

「請問震盪宇宙……白之王White Cosmos，到底想要什麼？她透過創造災禍之鎧、ISS套件，還有打造新的鎧甲，到底想為加速世界帶來什麼？」

「帶來結束與開始。現在我只能說到這裡。」

「結束與……開始……？」

春雪無法想像這些太抽象的話到底所指為何。但哪怕真有這萬中之一的可能，哪怕白之團方面有著一絲的正義，他也絕對不能容許犧牲軍團伙伴的行為。絕對不能。

「……謝謝妳的忠告。可是，我還是沒辦法和你們互相了解。我現在不能逃避。」

春雪低聲回答後，壓低姿勢，擺出架式。

「這樣啊。很遺憾……我也不能放你們過去。」

Rose Milady也輕輕舉起了右手。

後方傳來千百合與Lead的喊聲。

「Creow！我也……」

「我也一起來，Crow兄！」

春雪迅速朝兩人伸出左手。他們兩人不是金屬色角色，光是踏上地面的棘刺，就會受到重大的損傷。通往目標高塔的路很窄，左右都有高聳的牆壁，沒有方法可以避開傷害區。

春雪在攤開的左手上，灌注了「包在我身上」，以及另外一種意思——

他試圖將臨時想到的作戰方案告知他們兩人。

當然加速世界和現實世界一樣，無法使用心電感應之類的方法溝通。雖然存在著能夠用說話以外的方法來溝通的特殊能力，但春雪、千百合與Lead，都沒有這樣的能力。

但春雪曾經有過幾次怎麼想都覺得只可能是精神與精神相連的經驗。

為了將Ardor Maiden從四神朱雀的祭壇救出，展開捨命衝鋒的時候所聽見的，楓子與千百合的聲音。

被災禍之鎧的怒氣吞沒而失控，想破壞黑之王虛擬角色時所聽見的，黑雪公主的聲音。

以及多次引導春雪，鼓勵春雪的，大天使梅丹佐的聲音——

到了現在，他隱約能夠了解這種可稱之為「念話」的運作機制。這多半是梅丹佐所說的「連結」所引發的現象。一種存在於Highest Level的直連線路。梅丹佐與春雪之間建構出了這樣的連結，而遇到極限狀況下，他和黑雪公主與楓子等人之間，也會瞬間發生這樣的連結，傳達彼此的思念。

想來這樣的連結遠為細小，無法和他與梅丹佐的連結相比，但相信他與千百合以及Lead之間，也存在著這樣的連結。只要現在這一瞬間……只要送出一個小小的心思，就看得見一絲勝機。

春雪不像Snow Fairy，還無法只靠自己的力量轉移到Highest Level。但他想像在那個時間與距離都不存在的世界，自己和千百合、Lead相連的線，堅定地發出思念。

一秒後，兩人實際的嗓音同時傳來。

「……知道了。」

「我明白了。」

春雪不明白這些話單純是對他手勢的回應，還是對他所送思念的回應。但他相信兩人已經聽懂，於是放下了左手。

當他拔出左腰的輝明劍，Rose Milady也什麼話都不再說。她微微張開手指的右手仍舉在空中，靜靜站著不動。

敵我間的距離是八公尺。雖然完全找不到出劍的空檔，但要是不行動，時間只會不斷流逝。春雪呼氣，吸氣，同時舉起劍——

「…………！」

春雪以右腳腳尖踢向地面。

尖銳的棘刺刺進腳掌，體力計量表隨著劇痛減少，但他不予理會。用左腳、右腳分別再跑一步，進入揮砍的姿勢。

Rose Milady仍然不動。她不閃、不格，也並非找機會反制攻擊，就只是站在原地。

壓縮過的時間中，春雪最先感覺到的是香氣。一種濃密、華美而甜蜜的氣味。

接著是色彩。水潤的深綠，以及血一般鮮明的紅。

不知不覺間，周遭已經不再是滿地黑刺的地獄空間，而是有著大朵玫瑰競相綻放的花園。

這時Rose Milady才總算開口，說出了招式名稱。

「『祕密花園（Secret Gargen）』。」

玫瑰紅的虛擬身體，被一層更紅豔的淡淡過剩光籠罩住。

鋪滿腳下的綠叢中，無數藤蔓以快得令人難以置信的速度竄出，纏住了春雪全身。即將下劈的劍在空中停住，身體也變得完全無法動彈。

就在春雪心想這是束縛招式的下一瞬間——

纏住全身的藤蔓，伸出無數根像針一樣尖銳的刺，深深刺穿了Silver Crow的裝甲。

「咕啊……」

遠非地獄空間的棘刺刺到腳底所能相比的劇痛竄過全身，體力計量表一口氣減少了七成以上。

春雪忍不住呻吟，這時Milady那仍是一樣平靜的嗓音，觸動了他的聽覺。

「花園會開出什麼樣的玫瑰，連我也不知道。對不起喔，紅玫瑰的刺很痛吧。我馬上就讓你解脫。」

腳下有新的藤蔓往上長，纏住雙腳。體力計量表仍在減少，要是再被追加的棘刺給刺中，肯定會當場斃命。

「咕……嗚……！」

春雪一邊呻吟，一邊拚命重新握好險些脫手的愛劍。

新的藤蔓從腰部往上攀到胸部。乍看之下大約只有一公分粗，卻像鋼索一樣堅固，只靠四肢的力量實在扯不斷。只有心念能夠對抗心念，但既然雙手都被固定，也就不可能靠「雷射劍」對應。

但春雪卯足了剩下的所有力氣，試圖揮劍下劈。

Rose Milady憐憫般的瞇起了雙眼。

這一瞬間，春雪在心中呼喊。

——就是現在，Lead！

「『天叢雲（Heavenly Stratus）』！」

堅毅的喊聲響起，深藍色的劍風幾乎毫無延遲，跟著就從後方飛來——將Silver Crow的軀幹，連著無數藤蔓，橫向一刀兩斷。

如果是正常出刀，即使Trilead的心念再怎麼高階，相信Rose Milady都已經躲開。

但從Silver Crow的身體所遮出的死角，在對Crow造成致命傷之餘而飛來的這一斬，她對應起來就慢了一瞬間。彎月狀的藍光命中Milady的胸部，深深劈了開來——但尚不足以將高等級玩家的身體一刀兩斷。

不行……還差一刀。

春雪瞬間做出這個判斷，只用擺脫藤蔓拘束的上半身，揮動輝明劍下劈。

本來在這種狀態下，力道使不到劍上，無法切斷對戰虛擬角色堅硬的裝甲。現在也沒有時間將輝明劍轉變為光劍模式。

但在與Glacier Behemoth戰鬥中所聽見的那個不可思議的聲音，至今仍深深烙印在春雪腦海中。

——加速世界的劍技不需要力量。無論多麼堅硬的事物，都有著可以切斷的「紋理」。

所謂的紋理，多半就是像木紋、石紋那樣的「紋理」吧。虛擬角色的裝甲是以均質材料構成，理應不存在紋理，但不可思議的是，他就是能夠理解這個聲音要告訴他的事。

對戰虛擬角色的本質，不是金屬也不是樹脂材料，而是資料。是記載在BRAIN BURST中央伺服器，多如天文數字的頂點座標值所構成的集合體。

劍為什麼能夠切斷虛擬角色或公敵的裝甲？

是因為銳利。因為愈是銳利的劍，愈能將力量集中在少數頂點上。這個原理的極致，就是Graphite Edge那兩把單分子刀。

那麼，只要把要斬的對象，從面換成線，從線換成點，在運算傷害時所發生的局部切斷力，自然能夠得到飛躍性的提升。

春雪甚至連身體從腹部被一刀兩斷的疼痛都感受不到，集中所有精神力，揮動輝明劍下劈。尖銳的劍尖，正確地捕捉到了從Rose Milady胸口伸出的小小尖刺尖端。

不是用臂力硬砍。感覺是讓愛劍刀刃的頂點座標，溜進目標的頂點。一邊融合並切斷——一種用劍施展的，微觀層級的「以柔克剛」。

極薄的刀刃幾乎絲毫不受抵抗，切進了金屬尖針，順勢劃進裝甲，乃至於虛擬人體，往正下方穿出。

Milady身上受到十字斬擊，露出讚賞似的微笑，閉上了雙眼。

同時春雪也看見自己的體力計量表正以驚人的速度減少。再這樣下去肯定會死。

然而——

「……『香櫞鐘聲——』！」

千百合大喊一聲，伴隨鐘聲灑落的綠色光芒，籠罩住春雪的身體。體力計量表在只剩幾個像素寬度的地方停止減少，就像抗拒系統機制似的震動了一會兒，才轉為恢復。

緊接著，Rose Milady的虛擬角色噴出紅色爆炸光芒，爆裂四散。

＊＊＊

——我，還沒死心。

奈胡志帆子／Chocolat Puppeteer，對Magenta Scissor做出這個宣告。

這不是說謊。無論陷入多麼絕望的狀況，她都不打算放棄戰鬥，伏地認輸。

然而，他們被十隻前所未見的醜惡而且巨大的公敵，以及覆蓋整個地面的尖銳棘刺包圍。處在這樣的絕境之中，志帆子找不出自己能做的事。她把「可可湧泉」凍結，製造出了小小的安全地帶，但也因此而無法叫出她最強大的武器——自動戰鬥人偶（巧克人），而Chocolat Puppeteer本體又沒有遠程攻擊能力，只能躲在前輩們的圈子裡靠他們保護。

……至少。

至少，要把Sky Raker、Blood Leopard、黑之王Black Lotus，以及發出紅色過剩光，努力保護志帆子的Magenta Scissor他們打鬥的過程，永遠深深刻在心中。為的是即使她不再是超頻連線者的那一刻來臨，也不要忘記。

志帆子下定這樣的決心，把一雙鏡頭眼睜到最大。

＊＊＊

掛居美早／Blood Leopard曾經自問過幾次。

自問為什麼我會把上月由仁子／Scarlet Rain看得這麼重要。

並非兩人的邂逅有什麼特別。上代紅之王Red Rider點數全失退出後，日珥分裂成幾個小團體，更相繼有人出走，軍團已經弱化到再不想想辦法，就無可避免會徹底瓦解的程度。

在這樣的混亂期當中，拚命保護自己和幾名同伴的，就是仁子。當時她等級還低，戰法也還很生澀，但只有氣魄像是烈火一樣熱。美早多半純粹是心血來潮，加入了仁子的團隊，把知識與技巧分享給她。當時她根本想像不到竟然會有這麼一天，仁子會將整個軍團再度團結起來，自己也升上9級，繼承第二代紅之王的寶座——更想不到美早自己也會接下副團長的職位。

動盪之中，美早心裡不知不覺間，對仁子產生了堅定不移的感情。但直到現在，她還是不太清楚那是什麼感情。

和對「上輩」兼親戚的冰見晶／Aqua Current所抱持的連帶感與感謝不一樣。和對自己身為超頻連線者所追求的目標倉崎楓子／Sky Raker所抱持的敬意與嚮往也不一樣。就只是，純粹覺得重要。

聽說「重要」這句話（註：日文中寫作「大切」）的語源是「大為迫切」，然後再轉化出「緊急」、「重要」、「無可取代」的意義。一想到仁子，就會有種揪心的感覺，所以當她知道這個字眼的語源時，自然大為認同。

說不定，是仁子這個少女內在所蘊含的那種容易折斷的脆弱，讓美早有了這樣的感覺。

在諸王之中是唯一的第二代，完全專攻長距離火力的對戰虛擬角色非常強力而極端，時勢造英雄之下扛起的軍團長重任，以及現實世界中的由仁子，多半是無意識中看狀況選用的兩種人格面貌。這許多不穩定因素在一種不能有分毫差錯的平衡上相互調和，讓仁子成為現在的仁子。

所以當日珥與黑暗星雲合併，仁子就任為新軍團的暫定副軍團長，讓美早內心鬆了一口氣。她是期待往後仁子就可以把領導軍團的壓力，和黑之王——儘管黑之王也不是沒有不穩定因素——一起分擔，減輕背上的重擔。

今天，落入白之團的圈套後，她最先感覺到的並不是自己也許會點數全失的恐懼，而是一種安心感，慶幸仁子並不在這個戰場上。當然她並不打算這麼輕易束手就戮，也在尋找機會反擊，但這些都是因為覺得仁子待在安全的地方才辦得到。

也因此——

當光柱落到泉岳寺，空間變遷為「地獄」，邪神級公敵出現，以及不應該出現在這裡的黑之王Black Lotus登場時，美早不由得同時感受到了期待與不安。

想再見仁子一面。不希望仁子點數全失。

她被這兩種矛盾的感情擺弄，呆呆站著不動，十隻公敵的咆哮就撼動了她的身體。

這些異形的怪物，從廣場四面八方湧來。只會出現在地獄空間的邪神級公敵，擁有媲美神獸級的戰鬥力。既然這樣的公敵多達十隻，要正面對打而殲滅這些公敵，那麼哪怕有黑之王參戰也是絕對不可能。他們非得想辦法殺出一條血路不可，但公敵的包圍沒有漏洞。

美早正咬著牙，不知不覺間來到身旁的Aqua Current就用包覆在水中的拳頭輕輕捶了她一下。

「喵喵，現在就是關鍵時刻說。」

換作是平常，這個「上輩」在加速世界都會稱美早為「Pard」，現在卻特意說出現實世界的暱稱，美早聽了後輕輕握住了她的手。

「……K。」

「我們來製造空檔，妳用『砲擊』攻擊Ivory。」

聽到Current這幾句話，美早一瞬間瞪大眼睛，但隨即猜到是怎麼回事。

包括黑之王在內，他們當中應該有幾個人有著能夠讓Ivory Tower一擊斃命的心念，但Ivory能夠取消心念，而美早所擁有的遠程必殺技，又多半是全場最強而且最長射程的一種。既然如此，攻擊手的重任也就非得由她扛起不可。

但這當中有個重大的問題，那就是美早才剛復活，必殺技計量表幾乎全空。這點相信眾人也都一樣。

Current當她的「上輩」不是白當，彷彿看穿了美早的心思，再度輕聲說道：

「計量表有Olive會想辦法。」

聽她說「想辦法」，根本無從想像具體來說是要想什麼辦法，但現在沒有時間細細追問。

「K。」

美早再度點頭，晶也點頭回應。

他們圍成圓陣，將Chocolat Puppeteer與Bush Utan等人圍到內側，準備因應邪神的圍攻。距離已經不到三十公尺，感覺就像有黑色的海嘯，從四面八方進逼而來。

「心念防禦會被取消！大家聽我的號令，攻擊自己正前方的邪神！」

Raker一聲令下，包括加進圓陣的黑之王在內，所有人都強而有力地出聲答應。

即使十五個人都使出威力最強的必殺技，也不可能殲滅十隻邪神級公敵，但他們另有目的。他們要以聲勢浩大的光與爆炸來干擾Ivory，讓美早趁機展開特攻。也因為怎麼想都不覺得同一招還會管用第二次，所以機會只有一次。

「『模式變更(Mode Change)』。」

美早小聲唸出指令，變身為豹型的野獸模式後，壓低身體，等待關鍵時刻來臨。

十隻超重量級公敵移動所引發的地震般搖晃，轉眼間就愈來愈強。從地面長出的無數棘刺也產生共鳴，開始發出奇怪的聲響，接著——

「……就是現在！」

Sky Raker一聲令下，首先由Olive Glove在圓陣中央大喊：

「『獻祭瓊漿(Sacrificed Nectar)』！」

Olive那細得像棍棒的軀幹與四肢，瞬間膨脹成橄欖球般——不，是橄欖果實般的形狀，應聲爆開。

虛擬身體的大部分都灑出了金色的液體而消滅，剩下的頭部由Bush Utan接住。液體滿滿灑到周遭的所有人身上，轉眼間蒸發殆盡。

這只能以「自爆」來形容的招式，連美早都跌破眼鏡，但真正驚人的還在後頭。幾乎枯竭的必殺技計量表正急速增加。

即使代價是必須失去整個身體，這驚人的效果仍足以彌補而有餘。想來他應該還奉獻出了別的東西，但現在美早只在心中感謝，等待時機來臨。

同樣補充好必殺技計量表的同伴們共聲呼喊：

「『雷霆快槍（Lightning Cyan Spike）』！」

「『火焰漩渦（Flame Vortex）』！」

「『飛天鍋蓋頭（Flying Panhead）』——！」

「『無情厲剪（Ruthless Shear）』！」

「『千針攢刺（Thousand Prickles）』——！」

「『巨型犄角（Colossal Horn）』！」

「『氰化彈（Cyanide Shot）』！」

「『冰素猛擊（Icilin Strike）』！」

「『螺穿流（Spiral）』！」

「『炸裂風彈（Wind Bullet）』！」

「『奪命擊（Vorpal Strike）』！」

五顏六色的發光特效將廣場染得繽紛，多達十一種遠程必殺技與心念，避開冰塊立方體，成放射狀發射出去。正逐漸逼近的大群邪神，被強烈的閃光與爆炸火焰微微推了回去。

但公敵的四段體力計量表幾乎完全不減少。站在最大級邪神肩上的Ivory Tower，似乎也是除非有人用心念攻擊他，否則就不打算取消心念，專心舉著右手杖，默默睥睨地面。他的視線當中，看不到一絲一毫的大意或驕傲。

美早在圓陣內側放低身體，咬牙切齒地凝視著Ivory。一瞬間……只要一瞬間就好。只要能引開Ivory的注意……

忽然間。

爆風中再度傳來草莓的香氣。

高聲喊出的第十二個招式名稱，證實了這香氣雖是錯覺，卻不是幻覺。

「『日冕物質拋射（Coronal Mass Ejection）』！」

深紅色的火焰，撕裂了紫色的天空。

數量龐大的飛彈、四連裝火神砲的連射，以及大型雷射加農砲的齊射。這些砲火交雜在一起的風暴般遠程火力，在Ivory所站的邪神身上打個正著，產生了劇烈的爆炸。由於邪神用雙手保護，Ivory幾乎毫髮無傷，但這個攻擊似乎讓他無法視若無睹，將細細的鏡頭眼望向美早等人的後方。

美早按捺住自己也想回頭的強烈衝動，用最低限度的聲音喊出：

「『流血砲擊（Bloodshed Canon）』！」

集滿的必殺技計量表全部消失，縮起的身體周圍形成紅光的砲身——一聲雷鳴般的轟隆巨響聲中，美早化為一顆砲彈，發射出去。

＊＊＊

「真的很對不起，Crow兄。」

Trilead雙手貼緊身體側面，就要深深一鞠躬，春雪趕緊按住他的肩膀制止。

「哪兒的話，Lead你根本沒什麼好道歉的啊。」

「讓Crow兄受到那麼重的傷，全是因為我本事不夠……」

「哪裡，是我拜託你這麼做的。而且，除了這麼做以外，也沒有別的方法可以打倒Rose Milady了。」

「可是……」

Lead還在垂頭喪氣，千百合就在他背上用力拍了一記。

「就是啊，能打贏都是多虧了Lead耶！小……不是，我是說Crow，他的傷我也治好了，所以不算數不算數！」

被她這麼一斷定，就不由得想反駁說那其實很痛，但春雪當然忍了下來。他摸了摸被Lead的心念一刀兩斷的軀幹，但金屬裝甲上連傷痕都並未留下。

「只是話說回來……現在說這個未免太晚，不過妳的『香櫞鐘聲』真的是很離譜啊……」

春雪忍不住這麼一說，千百合就眨了眨眼，然後一副拿他沒轍的樣子說：

「你這話還真的是說得太晚了。」

「不，該怎麼說，在正規對戰也已經夠難纏了……在無限制空間裡用起來，根本就已經是永動機構……」

「你的形容根本不對了。」

Trilead聽著他們這番對話，總算微微露出微笑，放鬆了緊繃的雙肩。

春雪也鬆了一口氣，正要輕拍Lead的背，結果就在這時……

好幾聲從未聽過的猙獰而令人毛骨悚然的咆哮交疊發出，震得空氣幾乎破裂。從迴盪的情形來判斷，應該離了有幾百公尺遠，但引發的戰慄太劇烈，讓他全身僵硬。

「剛……剛剛那是……？」

春雪以沙啞的嗓音，回答千百合的問題。

「是剛才那種超大隻的公敵……泉岳寺那邊發生戰鬥了。」

「那我們得趕快過去！」

春雪拚命吞下了「嗯，我們走」這句話。

其實他也想立刻立刻飛去泉岳寺，支援復活的同伴們。但聳立在眼前的高塔上，待著一名有能力干涉這這個戰場的超頻連線者。要是對她置之不理，說不定還會引發比現在更糟的狀況。就是因為做出這樣的判斷，春雪才會對負責把守這個塔的Rose Milady，進行這種孤注一擲的對決。

「……Bell、Lead，麻煩你們兩個回泉岳寺去幫大家，我要去那座塔。」

春雪心如刀割地這麼一說，千百合就反射性地想反駁，但立刻用力緊閉嘴唇。她先默默點頭，然後說：「可是……」

「要回去是可以……可是地面的刺……」

聽她指出這一點，春雪朝後方一瞥。

他們三人所站的地方，是在一棟建築物內，離先前春雪與Rose Milady動手處有一小段距離。外面的道路上密密麻麻地長滿了黑得發亮的尖刺，不屬於金屬色角色的千百合與Lead，光是站在上面就會受到損傷。要是一路跑完通往泉岳寺的約三百公尺距離，難保不會在抵達前就先死去。

當然受到損傷愈多，必殺技計量表也會等比例累積，所以要用香櫞鐘聲恢復是可行的。但這個方法也有個很大的問題。裝備在Lime Bell左手上的強化外裝「聖歌搖鈴」，長度將近上臂的兩倍，所以無法朝向自己——也就是說無法治療自己。

春雪正拚命持續思考，想找出方法，結果……

「我來揹她。」

Trilead突然這麼宣告。春雪固然嚇了一跳，千百合更嚇得退縮，「咦咦咦——！」的一聲大喊出來。

「可……可是Lead，你也會受到傷害……」

Lead以堅毅的笑容，打斷春雪的話。

「不用擔心。以前Graph師父就曾經叫我在熔岩上跑。」

聽到這句像是玩笑卻又像是事實的台詞，春雪也勉強以微笑回應，然後揮開了躊躇說：

「……知道了，拜託你了，Lead。麻煩你保護Bell……保護大家。」

「一定。請包在我身上。」

Trilead斬釘截鐵地回答完，就轉身背向Lime Bell，彎下膝蓋。

等Lead揹著千百合，以飛也似的速度在滿是棘刺的道路上飛奔而去，春雪再度仰望南方的天空。

雖然被建築物遮住，無法直接看見，但泉岳寺方面一直斷斷續續傳來爆炸聲響。楓子他們肯定正奮力對抗邪神級公敵。

——師父、四埜宮同學、晶姊、Pard小姐、Ash兄、梅丹佐……我也會馬上過去，請你們再努力一下！

春雪在心中對同伴們訴說完，轉過身去。

眼前有著玫瑰紅的死亡標記緩緩旋轉。雖然春雪看不見，但幽靈狀態的Rose Milady應該就在附近。

如果Milady真有這個意思，多半能夠不容春雪他們三人抗拒，就殺了他們。如果她像春雪在品川車站對打過的那個忍者一樣，從一開始就完全不說話，也不選用拘束類招式，而是全力攻擊，相信春雪他們多半應付不了。

春雪不明白她之所以不這麼做的理由。但他默默對標記一鞠躬，然後張開修復好的翅膀，從布滿了棘刺的地面飛起。

狹窄的道路前方，聳立著形狀像是一把黑色長槍的高塔。春雪一口氣朝著塔頂飛去。

被灰色瘴氣裹住的高塔最頂端，是個小小的圓形露台。露台的邊緣，有個少女狀的人影，抱著膝蓋坐著不動，一柄偏細的錫杖就放在身旁地上。

走到近處一看，她一身禮服形的裝甲，是帶著些微紫色的淡桃紅色。背上灑落著有透明感的白金頭髮，嬌弱的雙腳上穿的是玻璃高跟鞋。一頂大大的帽子遮住，看不見她的臉。

春雪在露台邊緣著地後，少女虛擬角色仍不抬起頭。照理說她不可能沒察覺金屬翼片的振動聲響，但無論她苗條的肩膀，還是抱著膝蓋的指尖，都一動也不動。春雪從她的這種姿態中，完全感受不到戰意，如果立刻拔劍攻擊，看似可以壓倒對手，但春雪並不這麼做，而是緩緩走過去，單膝跪地，對她說話：

「呃……我是黑暗星雲的Silver Crow。」

淡粉紅色的少女虛擬角色仍然一動也不動，但幾秒鐘後，聽見了她細小的嗓音：

「……你來到這裡，也就表示你打贏了Milady吧。」

春雪忽然覺得這個嗓音他似乎聽過，但想不起來。春雪想了一會兒後，搖了搖頭。

「……不，我不覺得我們打贏。她本來殺得了我們，卻沒下手。」

少女再度沉默了幾秒鐘後，終於抬起頭來。

她的面罩是那麼纖細、優美、憂鬱，讓人覺得再也沒有哪個虛擬角色，像她這麼不適合「對戰用的化身（對戰虛擬角色）」這個詞。黃水晶色的鏡頭眼只一瞬間正視春雪，又再度低垂。

「……我是……Orchid Oracle。」

這個意思多半是「蘭花預言者」的虛擬角色名稱，與完全非戰鬥型的身姿極為搭調。而且，感覺也像是與護衛她的「玫瑰貴婦（Rose Milady）」成對。

春雪不明白自己想怎麼處置Oracle，也不清楚想表達什麼，就再度對她一鞠躬。

「初次見面，Oracle小姐。那個，我……」

但春雪尚未找到接下來該說的話，Orchid Oracle就說出了令他意想不到的話。

「不是第一次。」

「咦……？」

春雪在護目鏡下皺起眉頭，重新注視這個少女型虛擬角色。

事實上，這並非春雪第一次見到她。在她將領土戰爭空間轉變為無限制中立空間時，以及以一種叫作「範式變革」的心念，將魔都空間變為地獄空間時，這兩次都目擊到了她的身影。但這些都只是從遠處窺見，並非有過交談，所以就打招呼而言，說「初次見面」應該沒有錯……正當他想著這樣的念頭……

Oracle就說出了比先前那句更加令春雪震驚數百倍的話：

「我跟你見過面了……有田春雪同學。」

——現實身分曝光！

春雪反射性地就要戒備起來，但在即將握緊拳頭之際，又再度感受到強烈的既視感……精確說來是既知感，當場僵住不動。一個從遠方傳來的細小嗓音，在耳內深處迴盪。

「哎呀……請問找我們有事嗎？」

當初黑雪公主突然出現在梅鄉國中校內網路的壁球區對他說：「少年，你想不想……『加速』到更快的境界？」、「要是你有這個意思，明天午休時間就到交誼廳來。」春雪在她的邀約下，卯足了僅有的勇氣，去到了學生餐廳的交誼廳。

交誼廳有著一年級生禁止使用的不成文規定，闖了進去的春雪，自然受到四周高年級生以看待珍奇異獸似的眼光看待，但當時卻有著唯一一個人，溫和地問他有什麼事。

一頭輕柔的短髮，平靜的微笑，飄來淡淡的紅茶香。

梅鄉國中學生會書記，若宮惠——

「若宮……學姊……？」

對他這個不成聲的提問，Orchid Oracle以非常淡的笑容表示肯定。

春雪陷入一種腳下的地板，不，是覺得整個空間都瓦解似的感覺，左手撐到了地板上。

原來若宮惠是超頻連線者……而且還是震盪宇宙的團員。

這也就是說，黑雪公主最好的朋友，是她最大的敵人白之王White Cosmos的部下。

「可是……這種事，不可能。怎麼可以有這種情形……」

春雪連連搖頭，拚命否定自己說出的名字。

「……如果若宮學姊是超頻連線者，待在梅鄉國中校內時，名字應該會出現在對戰名單上。整整兩年以上都沒有人發現這件事，這是不可能的……而且……而且……」

忽然間，鏡面護目鏡下的雙眼溢出透明的液體，讓他視野歪斜。

春雪一邊在腦海角落想著對戰虛擬角色明明不需要流眼淚的功能，一邊說下去：

「而且，如果真的是這樣……那就表示若宮學姊一直在欺騙黑雪公主學姊？妳一直假裝是她的朋友直到今天，等待背叛她的時候來臨……？」

「…………不是。」

Orchid Oracle——若宮惠以略微透出情緒的聲調否定。

「我沒有騙她……我一直自認是公主的朋友……是她的好朋友。畢竟我最喜歡她了，也一直希望可以永遠待在她身邊。」

「那……為什麼！為什麼妳直到今天都隱瞞這件事！」

惠正面承接春雪逼問的視線，以微微顫抖的嗓音回答：

「我說不出口。因為我……是點數全失的超頻連線者。因為我是個被強制反安裝BRAIN BURST，失去了加速世界所有記憶的人……」

這番話要在腦中構成意義，花了春雪一些時間。

他好幾次深深吸氣，然後以沙啞的嗓音問說：

「點數……全失……？那…………現在，待在這裡的妳，是誰……………？」

這次換惠沉默了。

南邊的泉岳寺方面，還在發出劇烈的戰鬥聲響。是黑暗星雲的伙伴們，正在和邪神級公敵奮戰。

春雪壓抑住想盡快趕去的焦躁，等待惠回答。

「……白之王White Cosmos，一直在研究讓超頻連線者復活的方法。」

不久，她說出來的是這麼一句話。

「研……研究復活……？可是白之王不是有一種叫作『垂憐復生（Resurect By Compassion）』的必殺技嗎……」

春雪忍不住這麼回答完，才終於猜到。

惠指的不是對戰虛擬角色的復活。超頻連線者的復活……這也就是——

「……學……學姊是指，讓點數全失的超頻連線者復活的方法……？」

「對。已經有了限定的成功案例……有田同學應該也知道。」

「成功案例……」

春雪喃喃複誦，腦海中回想起以前在加速研究社的大本營聽拓武說過的話。

——我是想到，點數全失的超頻連線者，記憶也許並不是憑空消失，而是被搶走了。記憶被從超頻連線者的腦中抽出，儲存在BRAIN BURST中央伺服器之中。然後就是有人……多半是我們還不認識的加速研究社社員，用某種方法叫出這些記憶……

「…………初代紅之王Red Rider和……加速研究社的，Dusk Taker……？」

春雪以沙啞的聲音說出這些名字，惠就默默點頭，更加用力抱緊雙膝，同時說了下去：

「……我也只是在這裡待命的時候，聽Milady說起最近發生的事情……我想他們應該是透過把殘留在BRAIN BURST中央伺服器的記憶，下載到所謂的『容器』，才暫時復活。Red Rider的情形是下載到強化外裝……Dusk Taker則是下載到別的超頻連線者身上。可是，真正的復活，也就是完整保留點數全失的超頻連線者腦中的記憶，讓他們再度安裝BB程式，這點似乎連白之王也還辦不到。」

辦不倒是應該的。這是構成BRAIN BURST基礎架構的大原則，如果可以進行這種真正的復活，超頻點數就會失去存在意義。

但相對的，如果辦得到這點——讓Red Rider點數全失的黑雪公主，以及親手處決Cherry Rook的仁子，她們的痛苦也許就能因此消除。

春雪懷著莫大的戒慎恐懼與一線希望，問起：

「那麼……妳是怎麼…………？」

但若宮惠低頭，緩緩搖了搖頭。

「這件事……只有這件事，我不明白……Milady也不明白。」

「不……不明白……？」

「是啊……我恢復超頻連線者記憶，是在今天，在結業典禮和學生會的會議結束，為了還書而前往圖書室的時候。我似乎在閱覽區失去意識幾十秒，但因為沒有別人在，也就沒被任何人發現。」

「在圖書室……？那，妳沒連上全球網路了？」

「是啊。不知道是神經連結裝置被人經由校內網路入侵，還是被人預先植入了定時啟動的程式……總之，等我醒來的時候，我的腦裡已經有著身為Orchid Oracle時的記憶。而在虛擬桌面上，顯示著白之王的命令，還有與黑暗星雲相關的基本資料。」

「命……命令……？是什麼樣的……」

「要我在下午四點以前，移動到港區第三戰區，以及領土戰開始後，聽Ivory Tower的指揮……」

春雪留意到這個命令簡潔無比，卻隱含著可怕的事實。

白之王果然早已看穿黑暗星雲的計畫。而且，如果惠的話可信，那麼多半也不是她在當間諜而造成機密外洩，所以白之王完全是只根據推測，準備了這麼大費周章的圈套。

「……那，把大家從領土戰爭空間轉移到無限制空間，還有把魔都空間變成地獄空間，也都是Ivory Tower下的指令了……？」

春雪茫然問到一半，卻又在惠回答之前，再問了別的問題：

「不，追根究柢來說……為什麼若宮學姊會聽白之王的命令？就算記憶恢復，也不是說妳就這麼忘了黑雪公主學姊吧？」

「我不可能忘了公主。」

聽到她這句隱含著悲痛的話，春雪忍不住喊了回去：

「既然這樣！既然這樣……妳為什麼要背叛黑雪公主學姊！是因為白之王對妳來說，比學姊更重要嗎……還是說因為妳害怕被處決？」

「不是……我是個已經點數全失過的超頻連線者。事到如今，我自認對過去的軍團長，或是對BRAIN BURST，都沒有執著了。」

「那，為什麼……！」

「這是因為…………是因為……」

惠就像心臟被一把小刀抵住似的，雙手在胸前緊緊握住，難受地擠出聲音說：

「是因為，只要白之王的研究完成，有個對我來說很重要的人就能復活……他們是這麼告訴我的。」

「重要的……人？」

「公主當然是我非常喜歡，非常重要的朋友。可是……這個人，也一樣重要。因為……這個人，是我的『上輩』。我沒辦法比較她們兩個誰重要……」

「上輩………」

春雪先複誦了一次，然後直視惠的面罩。

接連有光珠從黃水晶的鏡頭眼滴落，隨即在空氣中消融得不見蹤影。

春雪無法否定若宮惠的話。因為對春雪而言，他的「上輩」黑雪公主，正是他之所以繼續當超頻連線者的理由。

春雪不明白還能說些什麼，咬緊嘴唇不語，惠就微微放鬆了虛擬身體的緊繃，輕聲說：

「……我進梅鄉國中就讀以來的兩年四個月來，都沒有超頻連線者的記憶，卻能猜出有田同學就是Silver Crow，理由就是……再也沒有別人像你這麼適合當公主的『下輩』了。」

這番話來得唐突，讓春雪微微歪頭。

「是……這樣嗎？」

「公主信任你，你也非常重視公主。即使沒有BRAIN BURST的記憶，我還是真的有點嫉妒你呢。」

惠呵呵兩聲輕笑，將鏡頭眼望向紫色的天空。

「……我的『上輩』也是個很棒的人。雖然她的類型跟公主完全不一樣，但她體貼、堅強，有著遠大的夢想……可是，也許就是因為她的夢想太遠大……導致她被很多忌憚她的超頻連線者誘騙上當，因為無限ＥＫ而點數全失。」

「……太遠大的，夢想……？」

春雪覺得收進腦海深處的記憶隱隱痠麻，複誦了一次。

「對。她希望創設出透過讓許多超頻連線者互通點數，來規避點數全失風險的制度。她說，將來有一天，要讓這個世界上的所有人，都能笑著玩BRAIN BURST……」

聽到若宮惠說出的這番話——

春雪感覺到令他腦幹發麻的衝擊，一口氣喘不過來似的說：

「咦……這……這個『互助軍團』的構想是……可是……」

緊接著，這次換惠露出劇烈的反應。

「……！為……為什麼有田同學會知道這件事……？」

「哪……哪有為什麼……」

春雪一瞬間先覺得不解，隨即猜到怎麼回事。若宮惠已經離開加速世界兩年以上，即使推測得出春雪就是黑雪公主的「下輩」，但對於Silver Crow曾是第六代Chrome Disaster，乃至於他共有了初代Disaster也就是Chrome Falcon的記憶這些事情，當然都無從得知。

但由於現在沒有時間一一說明「災禍之鎧」相關的所有事情，所以春雪並不回答惠的問題，而是優先問清楚一直占據腦袋的疑問。

「……若宮學姊的『上輩』，是Saffron Blossom……嗎？」

惠的面罩上再度閃過震驚的神色，點了點頭。

「你怎麼知道的……？她因為無限ＥＫ而點數全失，明明比你成為超頻連線者還要早得很多很多……」

「請等一下，如果Saffron是學姊的『上輩』，那麼白之王就不可能讓她復活。因為……因為……」

春雪讓Suffron Blossom一次又一次被神獸級公敵「耶夢加得(Jörmungandr)」殺死，以及三名超頻連線者冷酷觀察這個過程的畫面在腦中甦醒，說道：

「因為，設下無限ＥＫ的圈套，讓Suffron Blossom點數全失的，就是White Cosmos自己。」

惠聽到這句話，一時間仍無反應。

失去表情的面罩，抗拒似的反覆左右搖動。鏡頭眼不規則地閃爍，春雪預感到零化現象(Zero Fill)即將發生，反射性地就要去碰惠的手，但惠抗拒地退開，以乾澀沙啞的嗓音開了口：

「你騙人…………這不是真的。白之王她……她保護失去歸屬的我，教了我好多事情……還說只要研究完成，Saffron也能復活…………」

「那才是騙人的。白之王對黑雪公主學姊也說了謊，誘使她讓紅之王Red Rider點數全失。這些年來她一直散播虛假的恐怖和希望，操縱了很多人！」

「不要……不要說了！不要再說了！」

惠雙手摀住耳朵這麼喊完，又發出更加悲痛的呼喊：

「我是為了讓Suffron復活，才背叛了公主。我明知會再也沒辦法跟她當朋友，卻還是這麼做了！我已經，沒有別條路了……！」

「這……沒有這種事！」

春雪忘我地伸出右手，抓住惠纖細的手，跟著呼喊：

「我也背叛過黑雪公主學姊。我和災禍之鎧融合，變得自己都控制不了自己，攻擊了學姊。可是……不管自己弄得如何遍體鱗傷，黑雪公主學姊都不對我反擊。她相信我，接受了我的一切……我想，她對若宮學姊一定也會這麼做。因為……因為妳們是……」

春雪找不出話來形容惠與黑雪公主的關係。因為儘管惠說她們是「朋友」，但春雪一直覺得她們兩人之間，有著不是朋友兩字就能述說的聯繫。就像Suffron Blossom與Chrome Falcon那樣，兩人之間是以無償的信賴與相互關心的心意聯繫在一起。

哪怕白之王要弄什麼樣的計謀……即使惠與黑雪公主相識這件事本身，真是出於白之王的計謀，相信她們兩人之間仍然培育、累積出了絕對不會減損的感情。

——Suffron……Falcon！

春雪仍牢牢抓住惠的左手不放，不自覺地對兩個已經不在的超頻連線者呼喚。

——救救Orchid Oracle……救救你們的「下輩」……！

這一瞬間——

這個現象春雪自身不可能知覺到，但BRAIN BURST中央伺服器，又或者稱之為「主視覺化引擎」內部，春雪專用的量子思考回路與曾經叫作「Star Caster」的長劍形強化外裝之間，確立了暫時性的連結。

這件強化外裝的物件本體，已經以卡片的形式，封印在某一棟玩家住宅當中，連春雪也沒辦法再動用，但在伺服器內部(Highest Level)，空間上的距離與障礙，都沒有意義。

而Star Caster當中，蘊藏了一位很久以前點數全失而離開加速世界的超頻連線者記憶。身為Originator之一，提倡「互助軍團構想」的Suffron Blossom的記憶。

忽然間，吹起一陣有著甜美清爽香氣的風，吹散了地獄空間的瘴氣……他是這麼覺得。

若宮惠瞪大雙眼，緊接著春雪也聽見了。聽見一個雖然年幼，卻令人感受到有著深沉思慮而穩重的嗓音。

——小蘭，對不起喔，讓妳寂寞了。

——還有，謝謝妳。我沒怎麼能盡到做「上輩」的責任，妳卻一直沒忘了我。

「我……我怎麼可能忘記啊，芙蘭！」

惠拿開摀住雙耳的手，大聲呼喊。

「是芙蘭吧？在沖繩引導我回到加速世界的！我……想見妳！只要見得到妳……我……我！」

兼具稚氣與威嚴的嗓音，再度回答了她迫切的呼喚。

——對不起喔……我已經，再也不能見小蘭了。

——可是，我一直在照看著妳。不管是妳加速的時候，還是不在加速的時候，都一直看著妳。

——所以……小蘭，妳要做妳認為對的事。現在，為了妳最喜歡的人，做妳能做的事……

說完這句話之後，嗓音就漸漸遠離，消失。

「芙蘭……！」

惠朝空中伸出右手，想抓住些什麼，但隨即緩緩放下手。從鏡頭眼接連滴落的淚水，滴到了仍然握住惠左手的春雪胸口，灑出小小的光點而消失。

泉岳寺方面傳來一陣格外劇烈的爆炸聲響，撼動了這座細長的高塔。

等震動平息，惠抬起頭，說道：

「有田同學……不，Silver Crow，帶我上戰場去。」

＊＊＊

「『流血砲擊』！」

美早在最小的音量中灌注最大限度的鬥志，喊出必殺技名稱。

虛擬身體化為砲彈，往斜上方發射出去，貫穿了橘紅色的爆炸火焰與灰色的瘴氣而飛翔。

這是Blood Leopard唯一也是最強的遠程必殺技，也是她「血腥小貓（Bloody Kitty）」外號的由來，只要能夠命中，連綠色虛擬角色的重裝甲都能擊碎，然而一旦未能命中，衝向建築物或地面，自己就會當場死亡。這次由於是瞄準高處的敵人發射，即使被躲開，也只會繼續往天空飛去，但想來即使有著「防止摔傷（Fall Protection）」的特殊能力，也無法完全吸收傷害。

因此美早一心一意地等待，等待Ivory Tower注意力分散的瞬間。

先前對Ivory所站的人型邪神施加痛擊的必殺技「日冕物質拋射」，是紅之王Scarlet Rain的底牌。而最重要的是，美早不可能聽錯仁子的嗓音。不只是黑之王Black Lotus，紅之王也同樣連進了這個戰場。而她在關鍵時機解放所有火力，吸引了Ivory的視線。

——真是的，還是一樣不按牌理出牌。等登出超頻連線，可得好好訓她一頓才行。

化為砲彈衝刺的美早腦海中，一瞬間閃過這樣的念頭。

光是想到仁子，就覺得從靈魂湧出驚人的能量充盈全身。

——絕對會命中，把他轟個粉碎！

美早懷著堅定的確信，貫穿爆炸火焰，逼近了目標。Ivory的目光這時總算捕捉到了美早，但已經遲了。加速世界中，並不存在能在這個時機躲過「流血砲擊」的超頻連線者。

就在她做出這個判斷的瞬間——

Ivory Tower的左手，染上了比黑暗更暗沉的消光黑。

「『積層裝甲（Layered Armor）』。」

這招式名稱喊聲發出的同時，整隻手化為多片漆黑的薄板，排列在「砲擊」的軌道上。撞上第一片的瞬間，傳來一陣幾乎要把意識從虛擬身體上撞出去的衝擊，美早咬緊了牙關。

第一片薄板發出玻璃破裂般的聲響，碎裂四散。但隨即又有第二片出現，再度有劇烈的衝擊襲向美早。繼續衝破第三片、第四片，每次都讓Blood Leopard的裝甲也跟著破損，體力計量表迅速減少。

第五片，第六片——到第七片，衝刺終於停止。

美早一邊從砲彈變回原本的豹型虛擬角色，一邊下墜，同時視線捕捉到了Ivory的身影。

不，那已經不是震盪宇宙「七矮星」中排名第四，身兼白之王全權代理的Ivory Tower。他的全身，已經變成將多片消光黑薄板排列成散熱片狀重疊而成的異樣身影。頭部也是黑色薄板的集合體，沒有面罩存在。但從薄板與薄板的縫隙間，卻又能確切感受到有著視線照射在美早身上。

積層虛擬角色放下已經有七成遭到破壞的左手，搖了搖沒有臉的頭，同時以異常鎮定的聲音開口：

「真受不了，虧我不惜被牽連到『白色結局』裡陪葬，也想瞞過你們的耶。」

聲質與口吻，都與Ivory Tower完全不同，怎麼想都只覺得是另一個人——而且，美早知道這個黑色對戰虛擬角色是誰。

是在中城大樓攻略戰的尾聲，擄走Scarlet Rain的操影手。

加速研究社副社長，Black Vise。

是在「流血砲擊」從發射到著彈的短暫時間中，和Ivory Tower掉了包？不，這不可能。根本沒有那麼多時間，而且美早確實看見了……看見Ivory的左手化為多片黑色薄板擋下流血砲擊的過程。

但相對的，對戰虛擬角色變成另一個對戰虛擬角色，這種事情是絕對不可能發生的。這和美早、Cassis與Thistle那樣變形成野獸模式，和仁子與Raker那種裝備上強化外裝的改變，都完全不一樣，是完完全全的變身。

「砲擊」被擋住所產生的反作用力，讓美早無法採取落地姿勢就直往下墜，卻有水的軟墊接住了她。美早就這麼被Aqua Current用雙手接住，卻連道謝都忘了，對站在邪神肩上的積層虛擬角色看得目不轉睛。

他並未受損的右手上，握著用來操縱公敵的杖。而在Vise的右腰，則有著多半是被黑之王的「奪命擊」刺出的一道很深的傷口。果然Ivory就是變身成了Vise，又或者，是先前Vise一直變身成Ivory？

事情實在太出乎意料，連Currnet、Raker與Maiden等人，都說不出話來。在這個情勢下，最先有了反應的，就是同樣有著黑色色名的黑之王。

「你這傢伙……Black Vise！」

Black Lotus以右手劍指向上空的積層虛擬角色，尖銳地呼喝：

「真沒想到Ivory Tower的真身竟然會是你啊……！」

聽到這句話，Vise輕輕聳著肩膀回答：

「哎呀呀，妳為什麼這麼認為呢？情形明明也可能是相反。」

「不對，沒有可能。因為你這個『Black Vise』的虛擬角色名稱，從來不曾以系統提供的方式顯示過。這個名稱終究只是你的自稱！」

「原來如此，原來如此。所以妳是不能接受有人跟妳的黑色撞色是吧？這可失禮了。」

Vise老神在在地呵呵幾聲低笑，靈活地將右手杖轉個不停。不知不覺間，周遭的邪神群再度停下了動作。一陣充滿壓力的寂靜中，只聽見一個有如學校教師般平靜的嗓音流出。

「不過怎麼說呢？既然都弄成這樣，黑之王，我們似乎也只好請妳退出加速世界了。至於空出來的黑色色名，就由我心懷感激地收下吧。」

他把當成了接力棒一樣轉著玩的杖完全定住，緩緩舉起。杖頭所嵌的銀色球體，發出不祥的飢渴光芒。

「那麼，這次就真的來做個了結吧。哎呀，在這之前……」

Vise輕輕揮動手杖，就有一隻邪神從嘴裡發射燒得正旺的火球。這個球體命中了美早等人拚命阻止他破壞的冰塊立方體，瞬間將冰塊融化。

最先從應聲崩塌的水中出現的，是Snow Fairy，只聽她發出孩子般的聲音說：

「唉～總～算出得來啦！」

接著被放出來的Glacier Behemoth，劇烈振動巨大的身軀，甩掉全身的水滴。

「結果還是弄成這樣了啊……」

他嘆著氣這麼說完，就載著站在頭上的Fairy，走在滿是棘刺的地面後退。他們從邪神群之中穿出，退到廣場西側的建築物，和其餘震盪宇宙團員一起準備見證這場戰鬥的結局。

黑暗星雲的十五人，仍然密集站在一起不動。

不，是誰也動彈不得。包括美早在內，所有人都想不出能進一步扭轉局勢的方法。Olive Glove以捨命自爆招式為大家補充的必殺技計量表已經耗用殆盡，腳下阻隔棘刺傷害的巧克力池也開始融化。

「……只能再一次一起發動心念了說。」

晶抱著美早，在她耳邊輕聲說道。

沒錯，只剩下這個手段了。但只要一看到過剩光的瞬間，Black Vise多半就會變回Ivory Tower，用「虛數時間」取消眾人的心念。可能性很低，但現在只能忍耐到Vise再度露出破綻，賭這最後一把。

「好了，黑暗星雲的各位……道別的時候到了。」

Black Vise將右手的杖隨手往下一揮。

處在暫停狀態的邪神群，形狀五花八門的眼睛一起發出精光，嘴上發出奇異的吼叫，從全方位化為一堵黑色的牆壁湧來。

「想得美————！」

這句話並非來自受到邪神包圍的十五人。一輛深紅色的武裝貨櫃車，一邊大肆發射槍彈與飛彈，一邊從廣場北側衝來。是紅之王Scarlet Rain的強化外裝無敵號(Invincible)變形而成的「無畏號(Dreadnought)」模式。尺寸超越Glacier Behemoth，以對戰虛擬角色而言，是加速世界中最大的一級，但仍及不上身高高達十公尺的邪神級公敵。

即使如此，仁子仍以彷彿要擠出所有剩餘火力似的衝鋒，在邪神的包圍網中打出了小小的缺口，讓貨櫃車擠進了包圍圈。接著她立刻變回「堡壘」模式，將兩門巨大的主砲當成雙臂似的張開，護住十五名同伴。

巨大的劍、槍、槌、拳、觸手，發出轟雷般的巨響灑下。

這樣的猛烈攻擊，每一擊都讓無敵號的裝甲接縫與關節發生爆炸，零件剝落。

「小晶，放我下去！」

美早拚命想動起因為「流血砲擊」的餘波而尚有劇痛殘留的身體，一邊呼喊。但Aqua Current雙手仍牢牢抱著美早，發動了心念代替回答。

「『相轉移(Phase Trance)』……『硬(Adamant)』！」

籠罩Current身體的流水裝甲匯集到雙手上，凍結成冰，形成大型的帶刀刃護手。

緊接著，無敵號噴發出一團格外大的爆炸火焰，就此四散。左右主砲與飛彈發射器，在空中灑出大量的碎片而消失，一直在承受衝擊的腳部零件也跟著爆炸。駕駛艙雖然還勉強存活下來，但本身似乎沒有移動能力，落到了地面上。

「Rain，妳還好嗎！」

雙手帶上綠色過剩光的黑之王這麼一喊，仁子就從駕駛艙中回答：

「嗯，勉強……！那個大姊姊我也帶到這裡頭保護好了，可是我已經不能動了！」

「了解，剩下交給我們！——超頻驅動（Overdrive）！綠色模式（Mode Green）！」

黑之王全身的分隔線發出鮮明的綠光。Black Vise就像要消除她的這些光芒一樣，將The Luminary往下一揮。邪神群再度一齊展開物理攻擊。

巨響。衝擊。

Aqua Current接下了大得無以復加的劍，右手從肩膀以下應聲粉碎；黑之王的雙劍也有了裂痕，Cyan Pile的打樁機爆炸。此外更噴發出了紫色與灰色各一的死亡特效。是Thistle Porcupine與Ash Roller，分別挺身保護Cassis Moose與Bush Utan而斃命。勉強活下來的團員們，體力計量表也肯定大幅受到削減。

……再一次。

再施展一次「流血砲擊」，解決Black Vise，除此之外她想不到任何扭轉局勢的方法。但美早的裝甲已經滿是裂痕，損傷深及虛擬人體，如果不是有Current攙扶，連站立都有困難。再加上必殺技計量表也還缺了二十%左右。

「……小晶，我氣條不夠，拿妳的劍砍我。」

美早對Current悄聲這麼一說，失去了將近一半流水裝甲的虛擬角色就立刻搖頭。

「妳直接從我身上吸不是更好？」

「『奪氣咬（Mental Bite）』不是人型狀態就沒辦法用。我們抵擋不住下一波攻擊，快點……！」

晶那平常總是冷靜的面罩在水下扭曲，似乎是在苦惱。她把從左邊護手上延伸出來的短短刀刃，抵上了靠在她身上的美早背部。

人型邪神的左肩上，Black Vise又舉起了杖。公敵群也與他的動作同調，舉起了武器或拳頭。

「……喵喵，抱歉。」

晶輕聲說完，就要在刀刃上灌注力道……

這一瞬間。

理應沒有人在的廣場南側，也就是Black Vise的後方，射來一道綠色的光，籠罩住了積層虛擬角色。

鐘聲般的共鳴聲迴盪著，握在Vise右手是的杖——神器「The Luminary」消失得無影無蹤。

「唔……」

人型邪神巨大的右手，抓住了低聲驚呼的Vise。本以為和幾分鐘一樣，是要保護他免於受到美早等人的攻擊，但並非如此。

「[illegible]！」

邪神發出充滿憤怒的咆哮，將漆黑的積層虛擬角色一口氣捏爛。

幾十片的薄板化為幾千枚碎片飛散，緊接著，黑色的火焰從拳頭中噴起。這些火焰就像黏液似的滴落到地面，轉變為白色，形成一個象牙色的死亡標記。

白之團以及加速研究社中最刁鑽的敵手Black Vise死得實在太乾脆，美早震驚之餘，試圖推測發生了什麼事。

邪神級公敵脫離Vise控制的理由，是在於The Luminary消失。消失的理由，則是因為被綠光擊中……而那道光，她不可能看錯。

是黑暗星雲的「時鐘魔女（Clock Witch）」Lime Bell的必殺技「香櫞鐘聲」。而且不是倒轉對方時間的模式Ⅰ，而是將對戰虛擬角色的永久性變化回溯的模式Ⅱ。Vise所持有的神器，多半是白之王讓渡給他的，而Lime Bell就是取消了這次讓渡。

卯早把豹的視力開到最強，凝視泉岳寺廣場的南方。

舉起手搖鈴型強化外裝站立，戴著尖帽的嬌小輪廓，肯定就是Lime Bell。而她身旁有著一個死亡標記，只是不知道是誰。想來多半就是這人承受著棘刺的傷害，把Lime Bell揹到位於Black Vise死角的那個位置，然後力盡身亡。

多虧他們的努力，最大強敵Black Vise／Ivory Tower暫時退出了戰場。

但不能說戰況已經有了好轉。這些從神器The Luminary的支配下解脫——又或者是擺脫了控制的邪神，應該會比先前更加狂暴地攻擊美早等人。再加上，震盪宇宙方面包括Fairy與Behemoth在內，還有十個人活著。

「大家，再撐一下！我們集中攻擊一隻，打出突破口！」

黑之王迅速下令，接著大喊：

「超頻驅動！紅色模式（Mode Red）！」

發著綠光的分隔線，轉變為紅寶石般的紅。全身的疼痛總算漸漸淡去的美早，也從晶懷中分開，用四隻腳牢牢踏在巧克力地面。

十隻邪神公敵也重新鎖定美早等人，振動著巨大的身軀，發出傲然的巨聲咆哮。

「哈啊啊啊啊……！」

Black Louts發出幾乎不輸給邪神的呼喝，從雙手發出有如超高溫恆星般的藍色過剩光。

看到這過剩光的純度與密度，就連如今已是黑之王麾下團員的美早都不能不戰慄。她根本無從想像要不墮入心念系統的黑暗面，又磨練到這個地步，到底需要多少修練。心念對公敵不容易起作用，但這想像的強度多半能夠輕易地貫穿這樣的抗性。

美早心想，有這樣的實力，如果邪神級只有一隻，也許就打得倒。

但同時，她也痛切理解到，不可能只靠這樣的戰力，就讓所有人平安撤退。

即使能夠突破邪神的包圍，外頭還有無限延伸的傷害區，以及包括兩名「七矮星」的白之團十名高手等著。他們已經據守在建築物內的安全地帶，打集團戰是他們遠為有利。

再加上美早等人身邊不遠處，還留著已經無法動彈的「無敵號」駕駛艙。想來仁子多半打算用最後剩下的一件武裝——四連裝機關砲，來掩護眾人撤退。美早無法丟下她逃走。絕對無法。

但現在，得先打倒眼前的邪神才行。只要有一半團員能夠逃脫，就留得住希望。

就在美早撐起殘破不堪的身軀，想把剩下的氣力全都匯集起來時——

天空再度傳來那個嗓音……將領土戰爭空間轉移到無限制中立空間，將魔都空間轉變為地獄空間的那個嗓音。

「『範式復原（Paradigm Restoration）』。」

美早受到一種像是心臟被冰的鉤爪一把揪住的感覺，仰望天空。

翻騰的紫色雲層下，一個籠罩著淡粉紅色光芒的女性型對戰虛擬角色飄在空中。

但她並不是靠自己的能力飛行。是有個銀色的虛擬角色緊貼著她，用右手抱住她。從這人背上強健地伸展開來，發出燐光像是在驅退地獄瘴氣的，是由十片金屬翼片構成的白銀翅膀。

「……鴉鴉。」Ardor Maiden與……

「鴉同學……」Sky Raker這麼呢喃。

她們不可能看錯。那是黑之王Black Lotus的「下輩」，也是加速世界唯一的完全飛行型對戰虛擬角色Silver Crow。

照常理推想，看到這樣的場面，會覺得Crow投靠白之團也不奇怪。

但美早——還有其他所有人多半也是一樣，都確信這個可能性是零。

緊接著，女性型虛擬角色右手舉起的錫杖發出淡粉紅色的光，直線落下，化為圓筒狀的極光往外擴散。

邪神級公敵一碰到這些極光，立刻像是從一開始就只是幻影一般，無聲無息地逐一消失。

還不只是這樣。鋪滿地面的漆黑棘刺，以及滿天紫色的雲層也都消失，變回冰冷平坦的鋼鐵地磚與深藍色的夜空。

是地獄空間，變回了魔都空間。

不。

不對，不是這樣，不只是這樣。天空沒有黎明的光，也就表示這裡已經不是無限制中立空間……

觀察與推敲到這一步的瞬間，美早轉念就要開始思考自己現在該做什麼。

但到了這個時候，兩個王已經有了行動。

「——『星光連流擊（Star Burst Stream）』！」

黑之王高聲喊出美早第一次聽見的熾烈招式名稱，將宿有蒼藍過剩光的雙劍，左右交互往前猛劈。每劈出一劍，就有光化為藍色的流星，往廣場東側擊出。

另一邊，從半毀的駕駛艙跳出來的紅之王，也讓雙手帶上深紅色的光芒，大喊：

「——『輻射連拳（Radiant Burst）』！」

她的雙手以連美早都不可能看清楚的速度閃動，將紅色鬥氣像重機槍似的連射出去。兩個王發出的藍色流星與紅色槍彈，以驚人的速度追向擴散的極光，被吸往廣場東側的一角。

到了這個時候，美早才總算猜到兩個王的意圖。

上空的女性型虛擬角色所發出的粉紅色極光是不透明的。從美早等人所在的內側看不到外側，相對的，待在外側的人也看不見美早等人。

也就是說——

只要追著極光發出遠距離攻擊，待在外側的震盪宇宙團員們，就沒有方法可以發現這些攻擊。

發出淡桃紅色光芒的薄紗，通過蓋在廣場東側的大型高樓，將場地拉回正常的領土戰爭空間。

挑高的一樓部分，可以看見十名想見證黑暗星雲末路的超頻連線者身影。還站在Glacier Behemoth頭上的Snow Fairy，正要出聲呼喊。

但已經太遲了。

兩名9級玩家以渾身解數發出的心念，在他們十個人身上打個正著。一陣幾乎讓地面起漣漪的衝擊波席捲而來，讓美早不由自主地四肢用力踏穩。

藍光與紅光交融，膨脹，淹沒了十個人影。

接著化為一股巨大得無以復加的螺旋爆炸光芒，將理應無法破壞的魔都空間大型高樓，以及存在於其中的所有事物，都消滅得乾乾淨淨。光高高屹立，直衝昏暗的天空，瞬間蒸發了厚重的雲層後，才漸漸淡去。

不知不覺間，已經顯示在美早視野右側的十條體力計量表，包含Snow Fairy與Glacier Behemoth的計量表在內，都一口氣減少到最左端，隨即消失。

＊＊＊

春雪這陣子一直把思考爆發力當成課題，現在他就痛切理解到，自己在這方面也完全及不上黑雪公主與仁子。

Orchid Oracle和春雪一起出現在上空，以第二次的強制變遷，將無限制中立空間變回領土戰爭空間，這絕非她們兩人所能預料的事。因此春雪本來打算等變遷結束後就下到地面，先對黑雪公主他們說明情形，然後才和震盪宇宙展開最後的決戰。

而且春雪本來就不知道黑雪公主與仁子參加了這場戰鬥。當他從北方的高塔一路飛到泉岳寺，從地上的同伴們當中發現Black Lotus與無敵號的一部分時，就震驚得差點墜落。

春雪按捺住想分秒必爭去到黑雪公主身邊的心情，等著變遷結束，但兩個王在極光開始擴散的幾秒鐘後，已經進入攻擊態勢，以無從迴避的心念，殲滅了剛轉移到領土戰爭空間的Snow Fairy等人。這種判斷力與行動力，不是只用一句戰鬥經驗就能解釋。

想來光是她們兩人出現在這裡的這件事本身，就是她們發揮了卓越思考力的結果。

詳細情形得問過才知道，但她們就是因為某種理由注意到白之團的圈套，追趕著這輛她們剛下的公車而來。要不是有黑雪公主和仁子在，團員們多半已經抵擋不住邪神級公敵的猛攻。眼底互相倚靠著戰力的黑暗星雲團員沒有一個例外，全都滿身瘡痍，而且還看不到Cassis Moose與Ash Roller的身影。往南一看，Lime Bell獨自一人靠在建築物牆上。把她揹到那裡的Trilead，多半也因為棘刺的傷害而耗盡了體力。如果是在無限制空間，就會留下標記，但由於已經回到領土戰爭空間，陣亡者也就依照規則退場了。

再加上——

也看不見在芝公園地下迷宮就請她先走一步的大天使梅丹佐。

春雪也看見了從天而降的「三聖頌」白光，也就可以肯定她去到了泉岳寺。但緊接著出現的地獄空間，不可能沒對她造成傷害。是為了避免受到影響而回到了芝公園，還是說……

春雪受到不安與焦躁驅使，但仍維持懸停，總算等到極光抵達兩公里外的屏障處而消失。

春雪正急忙回向北方高塔，結果他的鏡面護目鏡……

就被他以右手抱在懷裡的Orchid Oracle攤開手掌，一把抓住。

「等等，有田同學。」

「咦……什……什麼事？」

「為什麼公主會在這裡！難道你們讓她參加了領土戰爭？白之王參加防衛戰的可能性明明

就不是零！」

被她用十足學生會幹部風格的堅毅聲調斥責，春雪也只能猛力搖動被抓住的頭。

「不……不是這樣啦。按照計畫，學姊跟仁……跟紅之王是要負責防守杉並。我也是剛才才注意到學姊在，還嚇了一跳……可是，要不是有學姊她們在，我想大家應該抵擋不住公敵的攻擊……」

「……話是這麼說沒錯啦……真的是拿公主沒辦法……」

惠忽然嘆了一口氣。

她將手從春雪臉上拿開，以蘊含了決心與覺悟的表情輕聲說道：

「……有田同學，放我下到他們那邊。」

「…………」

春雪先朝地上瞥了一眼，問說：

「……可是，若宮學姊，對黑暗星雲的團員來說……」

——她將領土戰爭空間化為無限制中立空間，逼得整個軍團瀕臨潰滅邊緣，從某個角度來看，是個比Snow Fairy和Ivory Tower危害更大的敵人。

春雪說不出這些話，但惠似乎理解到了他的心思。只見她露出淡淡的微笑點點頭，小聲補充說：

「可是，在大家面前可別叫我『若宮學姊』喔。」

「……我也要請學姊別叫我『有田同學』。」

春雪這麼一回答，就壓低翼片的振動，直線下降。

雙腳尚未碰上鋼鐵地面，同伴們就跑了過來。但一看到被春雪抱在懷裡的Orchid Oracle，就以摻雜著疑念與警戒的表情停下腳步。

春雪覺得非得對大家解釋惠的立場不可，但忍不住先問出了他最掛心的事。

「請問，梅丹佐怎麼了？」

「喂喂，第一句話就問這個喔？」

苦笑著回答的是仁子。她舉起小小的右手，指了指滾落在燒遠處地面的無敵號駕駛艙。

「要找天使大姊姊的話，她在那裡頭……」

她話說還沒說完，春雪右手就放開Oracle，跑向駕駛艙。

「梅丹佐！」

春雪一邊呼喊，一邊往開著沒關的艙門探頭進去。

然而——昏暗的操縱席內部，完全空無一人。感覺有隻冰冷的手，一把抓住了心臟。

這表示她消失了嗎？就像在加速研究社的大本營救了春雪那時候一樣，以全力發出三聖頌，而將自身的存在都燃燒殆盡了嗎……？

他深深吸一口氣，正要再一次大聲呼喚大天使的名字，結果就在這時……

左肩產生小小的光點，開始閃爍，形成一個純白的立體圖示。

「……梅丹佐……」

春雪以顫抖的嗓音呼喚她的名字，伸出右手要去碰圖示，小小的翅膀就在他的右手上拍了一記。

「真是的，稍微想一下也該知道吧？這裡已經不是無限制中立空間（Mean Level），是領土戰爭空間（Low Level），所以Being無法實體化。而且，我也不可能只因為那點小事就消失。你要擔心我，還早了一千年呢，僕人。」

體感時間明明只過了短短幾十分鐘，春雪卻覺得梅丹佐一如往常高高在上的語氣十分懷念，這才鬆了一口氣。仔細一想就覺得當然如此，邪神級公敵都消失了，所以梅丹佐的本體自然也會消失。雖然正確說來，從無限制空間消失的應該是春雪等人。

等作戰結束，馬上再去見梅丹佐的本體吧……春雪再度暗自這麼決定，讓圖示留在自己肩上，回到降落地點。

從近處仔細一看，看到從激戰中存活下來的同伴們沒有一個例外，虛擬身體都悽慘無比。裝甲龜裂、破碎，手腳缺損的人也不少。Bush Utan用雙手捧住的Olive Glove更是只剩頭部，甚至讓人覺得他那樣還能活著才是不可思議。

他很想立刻跑過去，對自己逃開Snow Fairy的「白色結局」道歉，並讚賞所有人的奮戰，但即使戰鬥結束，氣氛仍然緊繃，不容他這麼做。

距離十幾人密集站立處一小段距離外，Black Lotus與Orched Oracle相視而立。兩人默默互相凝視，散發出迫切的感情，讓人沒辦法跟她們說話。

朝恢復正常的倒數讀秒一瞥，領土戰剩下的時間還有足足一千秒以上。想來應該是回到Oracle轉移空間的時間，但要就這麼等待時間結束，則未免太過漫長。

春雪握緊雙拳，看著黑之王的面罩。龜裂的護目鏡下，一雙藍紫色的鏡頭眼靜靜地發光。

想來黑雪公主也已經理解到Oracle就是若宮惠。

她既然身為軍團長，面對想讓整團團員一起點數全失的白之團成員Oracle，自然不容她徇私處置。但相對的，惠是黑雪公主的朋友。而且她身為梅鄉國中學生的期間，都失去了身為超頻連線者的記憶。

要是等「上輩」Suffron Blossom的記憶恢復，還提起讓她復活的可能性，春雪也覺得她除了聽命於白之王以外別無其他條路可走。但這件事，非得由惠自己親口告訴黑雪公主不可。

——妳為什麼不說話，若宮學姊！

也不知道是不是春雪的這個思念送進了她心裡。

惠第一次叫了黑雪公主。

「……Black Lotus。」

但她接著說出的話，卻讓春雪意想不到。

「殺了我。這樣一來，這場領土戰爭就會以你們的勝利作收。」

Black Lotus滿是缺損的劍尖一顫。

春雪痛切感受到黑雪公主內心的掙扎，握拳的雙手灌注了力道。現階段，活下來的白之團團員只有Orchid Oracle一人。只要殺了她，領土戰爭的確就會結束。但這真的能說是最佳選擇嗎？

完全的寂靜之中，只有倒數讀秒的數字緩緩減少。

等數字低於一〇〇〇大關時，仁子攤開雙手，發出冷靜的聲音：

「我不知道妳們有什麼苦衷，不過妳們兩個人都還活著……就先好好談個夠吧。也有一些事情是不這樣就說不明白的。我們所有人都會走開。」

說著她轉過身去，朝同伴們拍拍雙手，很有精神地吆喝：

「好，我們換地方吧！」

「要……要去哪裡的咧……」

Bush Utan啞口無言似的這麼一問，仁子就朝東一指。

「這種時候就是要一字排開，朝太陽走過去！」

「現在又回到了晚上的咧……」

「囉唆，用心眼去看！好啦，動起來動起來！」

Sky Raker被這句話逗得嘻嘻一笑，率先邁開步伐。Aqua Current與Ardor Maiden也跟了上去，跑來會合的Lime Bell與其他團員也從後追去。

春雪最後又朝黑雪公主與惠看了一眼，然後也轉過身去。左肩上的梅丹佐說：

「……真是的，你們的決策過程還是一樣沒有效率啊。」

於是春雪苦笑著回答：

「有時候就是有些東西比效率重要。妳自己這次不也……」

不也根本不管什麼效率還是合理性，救了我們嗎？春雪本想這麼接下去，但大天使似乎莫名地猜到他要說什麼，拍打他的頭盔，於是他就不說了。

眾人越過兩個王以心念轟出的坑洞，一路往東行走。

春雪看著走在前面的仁子背影，想起了她剛才說的話。

——就先好好談個夠吧。也有一些事情是不這樣就說不明白的。

仁子身為日珥的首領，當自己的「上輩」Cherry Rook淪為第五代Chrome Disaster後，親手處決了他。說不定她是在Black Lotus和Orchid Oracle身上，看到了自己的這段過往。

黑雪公主與惠會得出什麼樣的答案——她們兩人今後還能不能繼續當好朋友，春雪並不明白。但他認為只要她們兩人能夠單獨相處，把所有的情感都表達出來，那絕對不會沒有意義。以前春雪也在自己和兒時玩伴拓武與千百合之間堆了一堵高牆，揮開他們朝自己伸出的手。與BRAIN BURST的相遇，更深化了這種斷層，雖然也帶給了他療癒，但至今心中仍然留有無法徹底拭去的後悔。

這群渾身是傷的超頻連線者，在起了夜霧的魔都空間中，無止境地一路往東走個不停。等他們越過JR的鐵路，穿過芝浦中央公園，在去路上看到一條很大的運河——領土戰就在眼前結束，宣告黑暗星雲獲勝的系統訊息火紅燃燒。

十六人停下腳步，仰望著昏暗的天空，直到自動退出加速世界為止。

7

清脆的馬達聲與道路噪音。

絨布座椅坐起來有點硬的感覺。

從後方射進的金色陽光。

回到現實世界後，大約有兩秒鐘左右，春雪搞不清楚自己身在哪裡。看到窗外流動的景色，這才想起是在行駛於明治大道上的無人循環公車上。

雖說接連發生多起意想不到的事，但在另一個世界戰鬥的時間頂多只有一個半小時左右，也就是說，現實時間大約只過了五秒，卻甚至覺得已經過了好幾天。其他團員們似乎也沉浸在同樣的感慨當中，好一陣子誰都不說話，但等到公車停等紅燈時，楓子站了起來。

「……雖然真的發生了很多事，不過我還是要先說聲大家辛苦了。」

車上沒有其他乘客，所以楓子的目光先在眾人身上掃過一圈，然後用自己的嗓音說：

「我們在下一個公車站牌下車，轉乘反方向的外圈路線吧。我想大家應該有很多話想說，但詳細情形就等回到杉並，會議上再說吧。」

「好～」

坐在春雪身旁的千百合回答完，伸了伸懶腰，環視車內一圈之後小聲地說：

「原來……學姊她們沒上車啊……」

沒錯，這輛公車上，並未載著預計從其他地方連線的Bush Utan與Olive Glove，以及果敢展開計畫外參戰的黑雪公主與仁子。但她們兩人多半是以計程車之類的手段追趕公車而來，所以也許能在公車站牌會合。

「呃，師父，我跟學姊通話看看。」

春雪一邊操作虛擬桌面，一邊這麼說，楓子就把身體往右轉，搖了搖頭。

「不，這由我來。我們有其他事情要你做。」

「咦……是什麼事？」

他這話一出口，感覺全車幾乎所有人，都坐在椅子上微微跌倒。正想說哇到底是什麼事情來著，接著才總算注意到。

「啊，對喔……！得請鈷錳姊妹她們確認對戰名單才行！」

沒錯，這正是今天這場任務的目的。

雖然發生了許多超乎常軌的事，但領土戰爭是由黑暗星雲獲勝。也就是說，現階段港區第三戰區的支配權，已經由震盪宇宙轉移給黑暗星雲，震盪宇宙的「對戰名單隱蔽特權」已經消失。

如果加速研究社的成員因此出現在名單上，就可以證明白之團與研究社是表裡一體的組織。但確認名單的人，必須是高等級的第三者。而願意接下這重責大任的，就是藍之團獅子座流星雨的「雙劍(Dualis)」，Cobalt Blade與Mangan Blade。

她們兩人現在正在港區第三戰區西南部的東京都庭園美術館待命，應該已經查看完名單。春雪用一口氣變得冰冷的手，啟動通話ＡＰＰ，對Cobalt Blade也就是高野內琴，發出了語音通話的呼叫。

通話〇．三秒就接通，於是他從乾澀到了極點的喉嚨擠出沙啞的聲音說：

「這……這個，我是有田。琴……琴琴琴琴姊，請問情形怎麼樣？」

「在這之前！」

聽到琴格外尖銳的嗓音，春雪忍不住縮起脖子。

「為什麼領土戰爭花了五秒鐘以上？害得我和雪都跟著加速了好幾次呢！」

「這……這是因為出了很多狀況……詳細情形晚點我再解釋，那那那那對戰名單……」

蘊含著剎那間躊躇的沉默，讓春雪預感到她接下來要說的話。

春雪一邊在腦海中自言自語地說著「天啊，不會吧？」一邊等著琴的回答。

「…………很遺憾，對戰名單上，並沒有出現你們提供的加速研究社社員名字。這樣將無法揭露震盪宇宙所做的壞事。」

「…………」

春雪腦袋一片全白，找不到該說的話。

讓進攻團隊的大部分隊員都陷入點數全失的危機，所有人都遍體鱗傷，拚了命才抓住的這場勝利，原來完全沒有意義。大腦不肯接受這個事實。

不，其實他內心有個角落，早已預感到會有這樣的結果。

白之團準備了周全的圈套，等著春雪等人上鉤。既然如此，即使他們事先讓Rust Jigsaw或Sulfur Pot這些研究社社員退避到戰區外，也沒什麼不可思議的。但他覺得一旦想到這個可能性，就會沒有鬥志戰鬥，所以剛才一直拚命揮開這些念頭。

然而，他無法否定琴的話。

「是…………這樣嗎？」

春雪好不容易達出這句話，琴壓低聲調的聲音就迴盪在他頭上。

「其實身為監察員，是不能說這種話……但我也真的覺得很遺憾。可是，應該還有方法。期待黑暗星雲繼續努力。」

「……謝謝妳。」

春雪先說出這句話，勉力振作起來，繼續說：

「這個，如果在美術館遇到Trilead，請幫我跟他說聲謝謝。我也會跟他聯絡，不過他真的好努力……」

「我明白了……雪說你們也要努力。那再見了。」

通話就到這裡切斷，春雪深深呼出一口氣，抬起頭來。

同伴們已經猜到結果，但仍抱著一線希望，默默看著他，春雪不明白該如何回答他們才好，默默搖了搖頭。

車上充滿了沉重的失望與沮喪，讓春雪再度低下頭。千百合輕輕拍他的背，但現在他頂多只有力氣微微點頭。

這樣一來，用對戰名單揭穿加速研究社幌子的手段，已經完全被斬斷了。雖然Cobalt Blade說應該還有方法，但他卻又覺得用正攻法已經不可行了。

剩下的手段，也就只有殺進震盪宇宙大本營所在的私立永恆女學院，經由校內網路進行決戰……就在春雪自暴自棄地想到這裡時……

「……不好意思。」

聽到這句話，春雪看過去。微微舉起手的，是坐在眼眶含淚的日下部綸旁邊的奈胡志帆子。

所有人的視線聚集過來，讓志帆子有些退縮，差點就要放下手，但一瞬間她用力咬緊嘴唇，深深吸一口氣，繼續發言：

「不好意思，我不知道這能不能當證據……」

「休可，妳說說看。現在不管是什麼樣的可能性，我們都想抓住。」

在楓子的敦促下，她點了點頭。

「好的。呃……我即使處在被邪神包圍的絕望狀況下，也不想只是被人保護，什麼事都做不到……我就想到，至少把大家這場戰鬥留在記憶之中……如果可以，希望留下紀錄……」

千百合仍然碰在春雪背上的右手，突然用力連著襯衫用力抓住他的肉，但就連這種痛楚，也因為志帆子接下來所說的話而拋到腦後去了。

「……我用重播卡錄了影。錄到了Ivory Tower，變身成Black Vise的畫面。這……可以當成證據嗎？」

（待續）

後記

讓各位讀者等得這麼久，終於可以為您送上《加速世界》第21集〈冰雪妖精〉了。

關於預計在十月推出的本集，延期到十二月，我謹在此鄭重致歉（註：此指日版出版進度）。這是因為新作動畫《INFINITE BURST》的電影版特典小說和BD&DVD的特典小說，故事發展得比計畫中要長，但我也覺得差不多是時候，該去練出「照估算的頁數寫完小說的特殊能力」才行了。

言歸正傳，我們來談談這一集……（以下洩漏劇情警報）與白之團的領土戰爭，眼前算是照計畫做了個了結，讓我鬆了一口氣（笑）。但這完全不代表戰鬥就此結束，接下來才總算要走向真正的最終決戰……走勢上是這樣，但下一集的22集，照計畫是要讓他們在現實世界喘口氣。畢竟這是春雪他們期盼已久的暑假嘛！

仔細一想，我不管寫《加速世界》還是《刀劍神域》，都幾乎不曾寫過盛夏的故事。就如各位所知，《加速世界》是秋天開始的故事，現在總算要演到夏季將近，而SAO也幾乎所有章節，都是從秋天到春天這段期間的故事。我自己是完全不覺得有意識在避開夏天啦……我想接下來《加速世界》會連續描寫好一陣子盛夏的故事，所以我打算在現實世界，一邊回想（作者）逝去的夏天一邊寫下去。雖然說著說著，明年夏天很快就會到了……

好了，最前面也提過，《INFINITE BURST》多虧大家的支持，似乎有許多觀眾都已經看過，真的非常謝謝大家！由於裡頭塞滿了各種原作小說讀者多半會想看的畫面，導致在正傳中比較未能深入描寫新角色里紗和夜之女神倪克斯，但這些部分就請各位讀者去看特典小說〈往無限的飛躍〉〈往永遠的歸還〉來補完吧。另外，在電玩方面的新動向，則會發表一款名稱叫作《加速世界VS刀劍神域 千年的黃昏》的作品，就如遊戲名稱所寫，是《加速世界》與《刀劍神域》的交互跨界作品。桐人和春雪並肩飛翔的宣傳影片，讓我看了都猛起雞皮疙瘩。雖然劇情的主幹部分是由我來提供點子，但整個故事可說是油門一路踩到底，敬請各位讀者期待！

這一集也是明明延期過一次，出版過程卻仍然弄得超級驚險，給插畫HIMA老師和責任編輯三木先生添了麻煩。另外也要對期待新刊的各位讀者致歉！下次我會儘早送上的！

二〇一六年十一月某日　川原 礫

界的懸疑解謎——
由奇幻故事的旗手
渡瀨草一郎重新創造!!
ver's regret
（暫譯）
作者／渡瀨草一郎　插畫／ぎん太　原案・監修／川原 礫
《Sword Art Online刀劍神域 妖精之舞》全3集（漫畫／葉月翼）
《Sword Art Online刀劍神域 女孩任務》第1～3集（漫畫／猫猫 猫）
《Sword Art Online刀劍神域 Progressive》第1～4集（漫畫／比村奇石）
《Sword Art Online刀劍神域 幽靈子彈》第1～2集（漫畫／山田孝太郎）
《Sword Art Online刀劍神域 聖母聖詠》全3集（漫畫／葉月翼）
《小刀劍神域》第1～2集（漫畫／南十字星）
原作／川原 礫　角色原案／abec
好評發售中!!

最尖端VRMMO世
戰巫女那由他與忍者小曆。
在「飛鳥帝國」裡成為好朋友的兩名少女，
也在這款遊戲遇見了不可思議的法師矢凪。
這名年老的僧侶表示要拜託「偵探」
解決「解謎」某個任務。
而且提供的報酬高達一百萬日幣。
兩名少女雖然對這超乎常識的價格感到驚訝，
但接受這奇妙委託的「偵探」
也同樣是一名相當奇怪的青年。
把能力值點數全部灌在「運氣」上——
也就是戰鬥上最弱，
但是稀有寶物掉寶率最強的詭異玩家……
Sword Art Online
刀劍神域外傳 Clo
全新的SAO外傳登場!!!
2017年秋季發售預定!!!

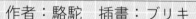

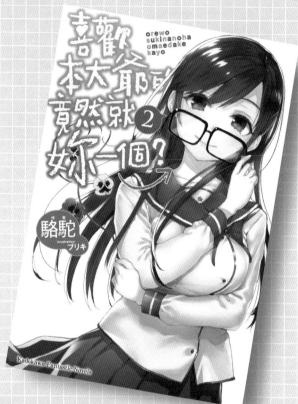

Kadokawa Light Novels

瓦爾哈拉的晚餐 1~2 待續

Kadokawa Fantastic Novels

作者：三鏡一敏　插畫：ファルまろ

第22屆電擊小說大賞「金賞」得獎作品！
「輕神話」奇幻小說第二集在此登場！

我是山豬賽伊！上次解決世界樹倒塌危機後，我雖然受主神奧丁陛下欽定為英雄，依然每天過著成為餐點再復活的日子⋯⋯就在這樣的某一天，女武神老么羅絲薇瑟大人因施展神技失敗而大受打擊。為了拯救她受創的心，再怎麼危險的方法我都願意嘗試——！

各 **NT$180~210/HK$50~65**

台灣角川

Kadokawa Light Novels

魔法重裝座敷童子的簡單殺人妃新婚生活

Kadokawa Fantastic Novels

作者：鎌池和馬　插畫：はいむらきよたか等

鎌池和馬十週年作品集大成！
人氣角色＆女主角大集合的夢幻特別版小說登場！

上条當麻某天醒來，發現眼前是一片異樣空間。神祕的巨大武器「OBJECT」與飛龍火拚；正太控奇幻大姊姊出手相救；一同誤入異樣空間的美琴還被迫穿起比基尼鎧甲……？收錄電擊大王的附錄小冊子插畫！鎌池和馬作品眾多角色一齊登場的完全版！

台灣角川

NT$260/HK$78

國家圖書館出版品預行編目資料

加速世界. 21, 冰雪妖精 / 川原礫作 ; 邱鍾仁譯. -- 初版. -- 臺北市 : 臺灣角川, 2017.07
面 ; 公分

譯自 : アクセル.ワールド. 21, 雪の妖精
ISBN 978-986-473-792-5(平裝)

861.57　　106009343

Kadokawa
Fantastic
Novels

加速世界 21
冰雪妖精

（原著名：アクセル・ワールド 21　—雪の妖精—）

2017年8月10日　初版第1刷發行
2022年7月25日　初版第2刷發行

作　者：川原 礫
插　畫：HIMA
日版設計：BEE-PEE
譯　者：邱鍾仁

發 行 人：岩崎剛人
總 編 輯：蔡佩芬
副總編輯：朱哲成
美術設計：吳佳昀
印　務：李明修（主任）、張加恩（主任）、張凱棋

發 行 所：台灣角川股份有限公司
地　址：104台北市中山區松江路223號3樓
電　話：（02）2515-3000
傳　真：（02）2515-0033
網　址：www.kadokawa.com.tw
劃撥帳戶：台灣角川股份有限公司
劃撥帳號：19487412
法律顧問：有澤法律事務所
製　版：尚騰印刷事業有限公司
ISBN：978-986-473-792-5